U0075039

檸檬水戰爭 5

魔術陷阱

文 賈桂林·戴維斯
圖 陳彥伶
譯 趙丕慧

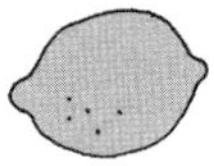

獻給我的父親，

約翰．戴維斯（1932-1990）

他已過世多年，卻永遠留我心中。

目錄

1 幻覺

幻覺
（illusion，名詞）
看起來是某種東西，實際上是另一種；一種魔術的手法。

潔西把手伸進衣櫃內側，在把手附近摸索，找到了她的祕密鑰匙。她悄悄把鑰匙從木門後的小釘子上拿下來，握在拳頭裡。她很喜歡握著鑰匙，等它慢慢變暖的感覺，而且手心還會留下一個完美的鑰匙印。

她像貓咪一樣，輕巧的走向書架，然後停住。房門外的牌子依舊掛得好好的嗎？有時候她關門關得太快，牌子就會翻轉過來。

萬一有人在她從祕密基地拿出上鎖的盒子時走進來，那就糟了；萬一她打開鎖時，有人看見了裡頭的東西，那就更淒慘了。潔西從來**不把**她存的錢拿給別人看，因為那等於是在自找麻煩！

她打開門，探出頭去，確定上鎖的門牌掛得好好的。只要掛著牌子，任何人都不可以進她的房間，這是崔斯基家的規定。

她聽到媽媽正在對面的房間裡收拾行李的聲音——媽媽正打開五斗櫃的抽屜，踩過木地板，衣櫃裡的衣架互相撞擊的各種聲音。潔西皺著眉頭，她不喜歡媽媽不在家，可是沒辦法，因為這就是媽媽有時會說的那種「她必須要試著調整、適應的情況」。

「嘿，潔西，我能不能問你一件事？」

潔西聽見哥哥的聲音嚇了一跳。伊凡一整個早上都窩在地下室裡，聽起來像是在木板之類的東西上敲敲打打，但他偏偏在這個時候走上樓。她本來還以為能躲過他那雙刺探的眼睛呢！潔西把握在手心裡的鑰匙握得更緊了。

「現在不行，我在忙。」潔西正要退回房間裡，卻停止動作，因為她看見伊凡手裡拿著一本書。他從不主動拿起書本的，他討厭書。對他來說，書是敵人，害他覺得自己又渺小又像個笨蛋；再加上比他小十三個月的潔西書讀得很棒，更是讓他排斥書本。潔西看著那本書，很好奇它到底是什麼書。

那本書很舊了，棕色皮革封面的邊緣好像一碰就會碎，而且書背上的漂亮燙金字母也剝落了大半。伊凡把手指插在某一頁裡，書微微攤開。

「只要兩秒鐘就好了。」他說，帶著半是懇求半是命令的語氣。

「現在不行啦！」潔西回答。為了強調，她還拍了拍門上的牌子，提醒伊凡記得規定，然後她就退回房間，把門牢牢關上。

不過，她仍然等了整整兩分鐘，在心裡數著「一個密西西比，二個密西西比，三個密西西比……」，確定伊凡已經離開走廊，沒有貼著她的門偷聽，這才踮著腳走向書架，把她藏在頂層那排書後面的盒子拿出來。

那個盒子已經很重了，因為裡頭是她存了幾個月的硬幣。只要仔細觀察地板，你會驚訝的發現，居然可以在地上找到那麼多銅板，有一塊錢、五塊錢、十塊錢。媽媽總是說，潔西有找到錢的本領，不過，與其說是本領，不如說是「嗜好」才對。大多數的小孩就算在地上看到了一塊錢，也會懶得去撿；可是潔西絕對不會看到了錢，卻不撿起來放進口袋裡。她還把獲得的獎金和做家事的零用錢都存起來，所以盒子現在已經重得要命。不過，搖晃盒子時會發出最美妙的聲音。

潔西盤腿坐在床上，把盒子打開。裡頭有紙鈔和硬幣，還有伊凡和潔西在去年夏天的勞動節競賽贏得的藍緞帶、幾張死黨梅根寫的小卡、爸爸寄的明信片、一張手寫的四年級愛情調查表，表上寫著有人承認他喜歡潔西。不過，是匿名的。潔西也不確定自己為什麼會把這一張調查表留下來，可是每次她決定要丟掉，但最後都還是又放回到鎖盒裡——她想，這是證據！至於是什麼的證據，她也不清楚。

她看著爸爸寄來的明信片，有來自土耳其的、阿富汗的、剛果的、盧安達的，明信片上的郵票就像迷你藝術展。

潔西喜歡那種鮮豔的色彩和陌生的圖案。

爸媽已經離婚三年了，而爸爸每隔幾個月就會寄明信片和包裹來，有時候也會來探望他們。可是她已經超過一年沒見到爸爸了，每天晚上入睡以前她都會想到爸爸，可是她已經學會了不要去問媽媽，因為她每次問，都得不到想要的答案。

潔西把明信片從最舊的排到最新的，整整齊齊的堆成一疊，放在旁邊。然後她把注意力轉回到盒子上。她想把所有的硬幣都拿到銀行換成紙鈔，不過她必須先把所有的一分、五分、一角硬幣捲入銀行給她的特殊紙卷裡。五十個一分錢捲進一分紙卷裡，四十個五分錢捲進五分紙卷裡，五十五個一角錢捲進一角紙卷裡。

潔西對盒子裡有多少錢一清二楚：總共是八十一元四十三分。在盒子最底下有一張紙，記錄著總額，只要她放錢進去，她就會改掉總額。

可是八十一元四十三分還不夠——潔西想要再多一點錢。她想要在銀行開一

收入／支出	註記	結餘
+2	零用錢	$ 82.25
+0.25	撿到 25 分錢	$ 82.5
−3.25	買了一枝羽毛筆	$ 79.25
+0.01	撿到 1 分錢	$ 79.26
+0.05	撿到 5 分錢	$ 79.31
+2	零用錢	$ 81.31
+0.01	撿到 1 分錢	$ 81.32
+0.01	撿到 1 分錢	$ 81.33
+0.1	撿到 1 角	$ 81.43

個自己的帳戶，這樣的話，無論發生什麼事，她的錢都會非常安全。只要把錢存進了銀行裡，她就不用擔心會弄丟，或是有人偷走，甚至是房子失火。錢會永遠都在那裡。絕對保險。**所以才叫保險箱嘛！**她想像著銀行放錢的龐大金庫，想著錢只要進了銀行，就絕對保險。

可惜的是，銀行最低的存款金額是一百元，而潔西還差很多，而且目前她也沒有賺錢——尤其是賺大錢——的機會。

「潔西，開門！」伊凡在走廊上喊。

「門上鎖了！」潔西大喊。

「對，我知道。所以拜託你開門好嗎？」

潔西蓋上蓋子，塞到枕頭下。然後走到門邊，打開了一條縫。

伊凡站在門外，手上捧著舊書，手指頭標出書頁上的一處。「這個……」他說，把書推向她。「我看都看不……」

潔西從伊凡手上把書接過來，伊凡也跟著走進潔西的房間裡。雖然潔西只有九歲，閱讀程度卻已是十年級的程度。她參加過測驗，所以她才能跳級，跟伊凡一起讀四年級。

她大聲唸出來。

兔子箱

顧名思義，這個箱子會讓兔子消失。開口為橢圓形，約長八吋寬六吋大小。兩扇活板門，開在中間偏下之處。兔子需要相當大的空間。另外，為了預防兔子突然再次出現在觀眾面前，會需要圍籠裝置，因此可以使用一張特殊的桌子比較方便（見下圖）。桌子內部應該鋪上厚乾草，以免兔子墜入機關時受傷。

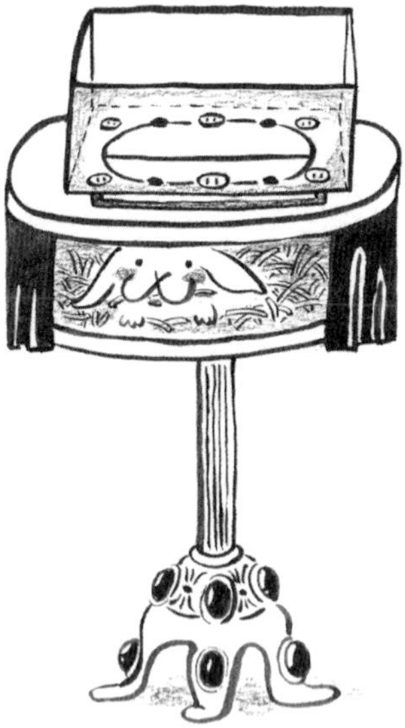

「這本究竟是什麼書啊？」潔西問，翻到封面，瞪著封面上的金色字，她一邊讀著：「**《現代魔術：論戲法藝術之實踐》**，作者是霍夫曼教授。喔，這是外婆的書啦！這一本書很舊了耶。」她翻開到書名頁。

「一八七六年出版的耶！」她說，「你幹麼拿外婆的舊書？」外婆擁有的書比潔西認識的任何人都還要多，而她現在搬來家裡住，滿屋子都是她的書。

「因為我的魔術表演需要一個厲害的結尾，」伊凡說，「大家都說表演結束前，一定要做一個超炫的幻覺表演，而不是無聊的撲克牌魔術。」

「你的撲克牌魔術很厲害啊！」潔西說。自從外婆在耶誕節送給伊凡一套魔術用具之後，他就一直在練習各種的魔術，他把那些把戲叫做幻覺。他可以從某人的耳朵後面拿出一枚硬幣，可以把黑桃A從第一張變到最後一張，也可以把一條切成兩半的繩索連接起來。有時他會告訴潔西魔術是怎麼變的，可是通常他只說：「這是魔術師的祕密。」潔西知道他在練習魔術，而且他也想在真正的觀眾面前表演。她真希望自己也能做個什麼讓大家想看的東西。

「還不夠厲害，」伊凡說，「我需要把東西**變不見**，偉大的魔術師都要會這一招才厲害。大衛魔術師就曾經把自由女神像變不見了。」

「他才沒有咧！」

「他有。我在網路上看到了那段表演。那是魔術，可是誰也不確定他是怎麼做到的。」潔西看著哥哥從長褲口袋裡掏出一枚硬幣，在右手的指節上翻轉著，硬幣好像是在他的指頭上跳舞一樣。伊凡最近總是隨身帶著硬幣，方便他可以隨時隨地練習。他用左手指著翻開的書。「那……那個兔子箱——書上沒有說是怎麼做的嗎？」

潔西搖頭，把書本還給伊凡。「那個太複雜了，而且還是用金屬材質做的。」

伊凡坐在她的床上，他說：「我知道，我在想，也許我可以用木頭來做。我覺得彼得應該可以幫我，他有一臺固定的電動鋸子，還有別的工具。」彼得是木匠，之前外婆不小心把房子燒了，就是彼得幫她修理的。彼得什麼都會做。

「彼得要開五個小時的車才能到我們家，」潔西說，「他要怎樣幫你做東西啊？」

「我也不知道，」伊凡說，瞪著圖片看。「我應該可以把設計圖寄給他，請他把木板切好，然後再寄回來給我……」

「你不能直接去買一個兔子箱嗎？」潔西問他。

「太貴了啦，」伊凡說，「要好幾百元耶！我上網查過了。」

潔西知道伊凡沒有那麼多錢，他搞不好連一塊錢的存款都沒有！「霍夫曼教授的解釋說明實在不夠好，他有沒有給別的指示？那個是什麼？」潔西指著伊凡翻動的書頁。

「那是『神祕人』表演，大概是最有名的幻覺表演了。先在舞臺上擺一張細長桌腳的小桌子。接著魔術師上臺，把一個盒子放在桌上，他打開盒子的前方，就會露出來一顆真正的人頭！然後那顆人頭會跟觀眾說說話，還會回答問題。然後魔術師把盒子關好，等他再打開時，裡面只剩下一堆灰塵。」

「他是怎麼變的？」潔西覺得飄浮的人頭還滿恐怖的，可是如果有人肯付很多錢看這個東西……

「用鏡子。」伊凡邊說，邊翻到下一頁。「你看這個。」

潔西看著魔術手法的說明插畫。

「觀眾以為他們是看到桌子下方四條桌腳後面的布幕，」伊凡說，「其實他們看到的是從鏡子裡反射的布幕。所以鏡子後面躲了一個人，他把頭從桌上的洞伸出來。」

「我們可以做這個啊！」潔西說，「我們有一張三條腿的桌子，就是門廳的那一張。」

「媽才不會讓我們在她的桌子上挖洞呢。」伊凡說，「而且，我們要去哪裡弄鏡子？那個表演需要很大的鏡子才行。」

「不必那麼大啦。」潔西說。她漸漸興奮了起來，因為腦袋裡出現了一個點子。「只要桌子小，鏡子就可以跟著縮小，加上個子小的人——我可以當神祕人！」

「你？」伊凡嘲笑她說，「對喔，我還真想看看耶。你是『大嘴巴』耶！」

「你自己說那顆人頭要跟觀眾說說話啊！」潔西說，她不明白伊凡為什麼不喜歡她的點子。

「對，可是那是——那是具有**神祕感的談話**，不是像你那種說話方式。」

「我也可以很神祕啊。」潔西說。她會好好練習。

「不行啦，小潔，」伊凡把書闔起來，「沒辦法啦。你需要真正的——」他停了一分鐘思索，「又快又安靜又……**靈活**，才能當魔術師的助手。」

潔西雙手抱胸。不公平，她想要幫忙。

「不過你知道你可以幫什麼忙嗎？」伊凡說，「你可以借我二十塊。」

潔西全身一僵，她想要幫的可不是這種忙。「你要二十塊幹麼？」二十塊對潔西而言可**不是**一筆小數目呢。

「又不是隨便就能抓到兔子，」伊凡說，「而且兔子也不能只吃空氣啊！」

「你要買兔子？」潔西幾乎是在大叫。

「噓。」伊凡說，指著媽媽那裡敞開的房門。「小聲一點啦，潔西！你懂我的意思吧？」

「媽絕對不會讓你買兔子！」突然間，潔西想起來她還在生伊凡的氣，都是他害的，媽媽才得出門。

「搞不好我可以讓她同意，」他說，「而且這值得試一試。沒有兔子的話，要怎樣讓兔子消失呢？霍夫曼教授的書上就是這樣說的。」

「對，可是霍夫曼教授沒見過媽媽！」潔西說。她聽到外頭有汽車停在家門口，車門打開又關上。潔西覺得很奇怪，佩姬應該再過兩個小時才會來。佩姬是媽媽最好的朋友，她們在小學就認識了；媽媽不在的這個星期他們可以放縱一下，不過佩姬會過來家裡住，媽媽是這麼說的。

「可是如果媽媽說可以的話，你要不要借我錢？」

「不要！」潔西說，她走到窗邊去看樓下的車道，卻只看見一輛計程車開走。

「我會付你利息！」伊凡說。

潔西的耳朵豎了起來。「付多少？」

「不知道，」伊凡說。

「百分之五！」潔西說，「每個月！」

「那樣很多嗎？」

「看情況。」潔西說完，還聳聳肩。每個月百分之五是有點多，尤其是最近銀行借貸的利息是零。可是銀行又不會借給伊凡二十塊。

「嘿，伊凡，」媽媽喊著，「你去開門好不好？」

門鈴響了。

「OK！」伊凡回答，再把硬幣塞進口袋裡，不過他卻轉頭跟潔西說：「你去開門，我要去找可以做兔子箱的東西。」

「我不要去開門！」潔西說，「媽媽是叫你去。」她想到自己的盒子還藏在枕頭下面，那裡一點也不隱密。

「沒有兔子箱，就沒有兔子。沒有兔子，就不必借錢。不用借錢，你就收不到利息。」伊凡走出了潔西的房間，回到自己房間，還把自己門上的牌子翻到「上鎖」那面，接著關上了門。

潔西趕緊把盒子和鑰匙都藏回原位，匆匆下樓，一面回頭大聲吼：「開門就開門！」二十塊錢的百分之五的利息可以讓她賺一塊錢，而且是在一個月內就賺到錢。說不定她也可以借錢給別人，搞不好梅根會跟她借錢，搞不好麥斯維爾也會，搞不好連媽媽都會跟她借錢，因為家裡的錢總是不太夠用。

門鈴第二次響起時，她剛好走到前門。如果門後是佩姬的話，潔西就會表現出有點拘謹、不友善的態度。她知道應該怎麼做，因為前一天已經在房間裡練習過了。她會把兩隻手抱在胸前，皺眉頭，連哈囉都不說，就大步走出房間，接著佩姬就會去跟媽媽說潔西有多難過。

其實潔西還滿喜歡佩姬的，她不高興的只是媽媽要出門。

雖然現在還是五月，可是感覺已經像是夏天了。整體而言，今年的天氣實在很怪。冬天不冷，春天來得太早，大家都說**以前從來沒有這樣的冬天**。崔斯基太太一直搖頭，她比平常更擔心全球暖化。五月底的空氣卻已經又熱又溼，客廳的窗戶一直都開著，潔西走過去時，一陣微風吹動了窗簾，窗簾飄起來又落下，好像在愉快的嘆息。潔西聽到遠處有籃球彈跳聲，也有小孩子在吼叫。搞不好門後的人是哪個鄰居來邀請伊凡去表演的，或者搞不好是郵差來送一個特殊的包裹給她。

夏天時他們家的前門總是卡卡的，潔西用力一拉，可是門卻一動也不動。她用兩手抓緊門把，使出全身的力氣去拉。門發出很大聲的吱吱聲響後，突然打開了——潔西一看見站在門階上的人，開始放聲大叫。

2 手法

手法

（sleight of hand，名詞）技巧、方法；表演魔術時，手部動作需要敏捷熟練，也稱為耍花招或變戲法。

伊凡聽見潔西咚咚咚的下樓去開門。如果是佩姬來了，他會先待在房間裡。並不是因為他不喜歡佩姬，只是他覺得自己已經過了還需要保母的年紀。三個月後他就滿十一歲了，都可以去當保母了。事實上，有時候鄰居奈維亞太太會付一點零用錢給伊凡，讓伊凡在她做家事或是打電話討論重要事情的時候，陪她的兩個兒子玩。她知道伊凡很可靠，不會讓孩子有危險。

伊凡把書翻到講述魔術手法的那一章，裡頭有七種基本技巧手法：掌中藏幣、消幣、偷幣、裝幣、偽裝、誤導、變換。伊凡想把每一種手法都練得熟練——他今天要先練習掌中藏幣，這個技巧是在誤導觀眾以為你的手上沒有東西，其實卻有。

掌中藏幣也分為兩種：指間隱藏法和古典隱藏法。伊凡仔細看著書中的插圖，他已經會指間隱藏法，這個戲法很簡單，但是古典隱藏法比較精采。古典隱藏法得放鬆手部的肌肉，這樣才能把硬幣、球或是別的東西藏好。同時要藏匿東西，又要讓你的手看起來是完全放鬆非常困難。

伊凡在兩隻手上吐口水，然後互相摩擦。他從口袋裡掏出硬幣，握在左掌心裡。他揮一揮手，動作十分花俏，但硬幣卻掉到地上。伊凡只好撿起硬幣，再試一遍，他不介意多練習幾次，因為想要做得好就必須多練習。

伊凡一直都很愛觀賞魔術表演，可是在外婆送他變魔術工具組當聖誕禮物之前，他從沒想過自己能表演魔術。他才剛學會幾個花招就完全著迷了，而且他還發現自己滿容易就上手的，簡直是個**天生好手**。每次只要精通一套戲法，他就巴不得能快點學下一個。每一個戲法都比前一個更困難，沒多久，他表演的魔術就會讓潔西跟媽媽不停追問：「你是怎麼變的？」

在伊凡的心中，魔術跟籃球有很多相似的地方。打籃球需要動作快，腦筋也要動得很快，你需要一直運球，讓肌肉在大腦下指令之前就知道要做什麼，而且你必須要會做假動作，誤導對手，就像在球場上變戲法。伊凡每次投籃命中時都有種感覺——當球離開指尖，劃過空中，很輕很輕的一聲刷，穿過籃框——好像每樣東西都在適當的地方，世界上的萬事萬物都在它歸屬的地方。完美的魔術表演也讓他有相同的感受。

伊凡聽見門鈴響了第二聲，然後是前門吱吱嘎嘎打開來。而潔西不知道在鬼叫什麼，伊凡完全聽不出來。一分鐘後，媽媽來敲他的房門，還走進房間裡。

「一定是佩姬來了，」媽媽說，「她怎麼會這麼早就來了呢？大概是怕會塞車吧。你能不能來幫我把行李箱關起來？」

「好啊。」伊凡說。他把硬幣放回口袋裡，跟著媽媽走。

「哇，」他一走進她的房間就說，「我都不知道剛剛有飛機來轟炸這裡耶！」

媽媽的五斗櫃抽屜全都是打開的，床上、椅子上都丟滿了衣服，連地板上都是。她的床頭桌上還有一堆書和雜誌，好像就要「山崩」了，床腳還有一堆像小山一樣的鞋子。

「我不知道該帶什麼，而且我的行李箱一直關不上。」她的語氣讓伊凡有點緊張，所以他拿出大人的聲音說話。

「媽，放輕鬆，你又不是要上月球。」

「我來壓，你來把拉鍊拉上。」她邊用力按著滿是刮痕的紫色行李箱，邊說：「我還真覺得自己是要去月球呢。」

媽媽的客戶要求她到加州參加一個重要的會議，這樣才能幫他們推出的新產品寫促銷文稿。伊凡連那是什麼產品都不知道，好像是某種軟體。媽媽有許多客戶，伊凡沒辦法每一個都記得很清楚，可是這個是非常重要的大客戶。

起初她拒絕了，她說自己不可能離開孩子整整三天。「家庭優先。」她一向跟伊凡和潔西這麼說。這句話差不多就是她人生中最重要的座右銘。

可是那位客戶說會付她很多錢，而他們家的老房子有些地方真的需要整修了，所以考慮了很久之後，她還是同意了。

其實是伊凡勸媽媽趁著出差多住兩天，去度個假，看看風景，跟住在舊金山的大學室友見面，好好的玩一玩。

「你從來都不出門耶。」他那時跟媽媽說，「媽，你從來都不出去玩。」

她看著他，表情古怪。「**我有玩啊**，」她說，「我隨時都在玩。」

「但那不是大人的那種玩啊，」伊凡說，「你只是跟我和潔西玩耍。」

「因為我喜歡你和潔西啊。」她邊說，還邊哈哈大笑，一面弄亂他的頭髮，彷彿希望這段對話到此為止。

「父母偶爾也需要自己出門去走走。」他把梅根跟他說過的話搬出來。梅根說這種話倒是輕鬆，她的父母沒有離婚，而且家裡好像還滿有錢的——至少比崔斯基家有錢。

結果媽媽被他說動了。反正她得為了公事要大老遠飛到加州去，乾脆就多住兩天，輕鬆一下好了。

不過現在行李箱關不起來，房間又像是被外星人攻擊過，氣象報告又說加勒比海有熱帶風暴在成形，可能在週末向東岸移動，搭飛機可能不會很順利，媽媽可能又要反悔了。

「也許我應該取消行程算了。」她說。她用全身的力氣去壓住行李箱。可是無論她壓得多用力，伊凡就是沒辦法把行李的拉鍊拉上。

「不行啦！」他說，使盡全力去拉不聽話的拉鍊。「你不能現在取消啦。佩姬都已經來了，而且外婆也去巫普敦家了，就連潔西都不囉囉嗦嗦了，你一定要去啦。只要把行李裡面的一些東西拿出來就好了。」他說，指著行李箱。

樓梯上有很大聲的奔跑聲，然後潔西就闖進了房間裡。「你們快來看！你們一定要來！你們一定要快點來看！」她大聲尖叫，抓住媽媽的手，把她往房間外拉。

「潔西！潔西！慢一點！怎麼了？」崔斯基太太被女兒拉出房間。伊凡停下來，瞪著行李箱，不知道是不是應該趁媽媽不在這裡的時候，把行李箱打開來，拿出一點東西。誰知道潔西是在興奮什麼，有時候一點點小事就會讓她很激動。搞不好是佩姬帶了什麼驚喜來，是把她的貓一起帶來了嗎？雖然潔西會過敏——

喔，慘了！那整個計劃就會被破壞了。這樣媽媽一步也出不了門了。

伊凡聽見媽媽說了幾句話，然後就聽到了笑聲，是男人的笑聲。樓下隆隆響著男人宏亮的笑聲。伊凡覺得有一道海浪當頭罩下，胃裡好像有水湧上來，還有他嘴裡的唾液也全被抽乾了，全都沖到他的腳趾。

他深呼吸，用力站起來，走樓梯下去。當他走到樓下，繞過轉角，到了門廳，已經知道他會看見誰了，可是他依舊不敢相信自己的眼睛。

伊凡已經超過一年沒見到爸爸了。上一次他來是在三月時，那天下雨，而且很冷，他只待了半天就走了，他要去趕飛機。伊凡記不得他要去哪裡，是伊凡沒聽過的國家，名字裡有一堆的斯和基。伊凡的爸爸總是在搭飛機，而且都只帶一個背包而已。他喜歡輕裝旅行，多年來，伊凡已經把那個黑色背包看作是他爸爸身體的一部分了，因為背包無時無刻都在他身上。

「嘿，伊凡，好小子！」他爸爸對他喊。

潔西像個陀螺似的，繞著爸爸轉個不停，一面大喊：「你回家了！你回家了！」有時候潔西的腦袋會短路，就會有點瘋癲。媽媽正忙著抓住潔西的肩膀，讓她鎮定下來，不再轉來轉去的。伊凡看著媽媽，心裡在猜爸媽剛剛看見彼此，不知道有沒有擁抱。

「嗨，爸。」他說，仍然站在樓梯上，打量著靠在前門上的熟悉背包。爸爸為什麼來？為什麼選今天？那麼多他應該出現的日子都沒出現，像是生日，聖誕節，他錯過了一整個夏天，為什麼偏偏要選今天出現？

「過來啊！」爸爸說，聲音友善，可是有點太大聲了。

「潔西！夠了！別轉了！」伊凡給妹妹下指令，她轉得太快了，兩條手臂像舊型飛機的螺旋槳一樣亂轉。而且太靠近牆壁，把角落的木頭衣架撞翻了，衣架傾倒的時候差一點就敲到她的頭。

媽媽抓住潔西，可是潔西拚命掙扎，伊凡趕緊過去，抓住她的手腕。

「來吧，我有東西要給你看，很重要喔！」

「不要！我要跟爸爸在一起！」潔西大喊，她想把手從他的手上扭開，可是伊凡是這方面的專家，他知道只要按住她的肩膀的某個部位，就可以幫助她平靜下來。

「我們一分鐘以後就回來！」伊凡堅定的說，「我要先讓你看一個東西，OK？」他把潔西帶到樓梯那裡，她沒有反抗。

「爸爸，我們馬上就回來，」她扭過頭來大喊，「不要走喔！你不要走，好不好？」

伊凡帶潔西回到她的房間，要她坐在床上。她滿臉通紅，而且還出汗了，頭髮黏著下巴。

「你要給我看什麼啦？」她問，眼睛卻盯著門口。

「你在這裡等一下。」伊凡說。他跑進自己的房間裡，拿著一疊牌回來。然後他把潔西的椅子和床頭桌重新排列，他坐在椅子上，床頭桌放在他們兩人之間。伊凡把撲克牌散在桌上。

「變魔術！變魔術現在才不重要哩！」她說。

潔西站起來要離開，可是伊凡說：「這個很棒喔，而且表演後，我還會跟你說是怎麼變的。」

她猶豫了一會兒，又坐下了。

「這是一疊普通的撲克牌，」他說，拿起了牌，展開成扇形，讓潔西看見撲克牌並沒有依照特別的方式排列。「好，我要跟你說一個故事，有四個兄弟都是國王。」伊凡迅速的把每張國王都抽出來，然後把牌面朝下放在大腿上。

「再看一次，這些牌都沒有特別的地方喔。」他把左手的牌張開成扇形，在潔西的面前揮舞。

「現在國王要到地球的四個角落去。第一個國王會到北方。」他把第一張國王牌面朝下，插進頂端牌卡中。「第二個要到南方。第三個要到西方，第四個會到遙遠的東方去。」伊凡邊說，邊把剩下的三張國王牌都插進了那一疊牌裡。

「可是這些國王現在有麻煩了。有個邪惡的巫師決定要讓天下大亂，把上下、內外全部都弄顛倒！注意看喔，我要把一半的牌面朝上，一半的面朝下，然後洗牌。」

伊凡把一半的牌卡翻過來，再把兩組牌卡混在一起，有的正面朝上，有的正面朝下。他洗了一遍牌卡，又再洗一遍。「國王要怎樣才能找到路回家呢？你能幫他們嗎？你能找出四個國王，帶他們回家嗎？」

他看著潔西，她的呼吸變慢了，眼睛盯著牌，兩手仍垂在旁邊。

他把一疊牌拿在她的面前說：「現在，把你的手放在牌上，閉上眼睛說：『國王！回家，回家，你們不會再流浪了！』」

潔西很安靜，專心的盯著那疊牌。她把手放在牌上，低聲說了咒語。

「好了。看你能不能找到他們。」伊凡把牌攤開在床頭几上，卡牌的正面朝上，每一張牌都面向相同的方向，只有四張例外。

潔西屏住呼吸，把四張正面朝下的牌都抽出來。她把牌翻過來，果然是那四張國王。

「你是怎麼變的？」她低聲說。

「不是我變的啊，」伊凡說，聳聳肩，把撲克牌蒐集在一起。「是你把他們帶回家的啊。」

「你的祕訣是什麼？」她問。

「我的祕訣是……」伊凡說，「我讓你安靜下來了。你剛才在樓下像瘋子，小潔。」他開始洗牌。

「可是你是怎樣……」

「我以後會告訴你，我保證。可是現在我們需要到樓下去了。你會安安靜靜的，還是又開始轉來轉去？」

「可是他回來了耶，伊凡！他終於回家了！」

「對，我知道。那又怎樣？」伊凡眼睛盯著牌，確定自己的聲音很穩定。「等一下他就會離開了，不然也是明天就走了。」

「才不會咧，這次不會！」潔西搖頭，「他這次帶了**行李箱**耶。」

伊凡「哈」的一聲，笑聲很尖銳。「才沒有咧！」

「有，我看見了。就在門外面的臺階上。」

「你發神經了。爸才不……」

「他**有**。不信你自己去看。」

伊凡站起來，把那疊撲克牌塞進褲子口袋裡，就往樓梯走。到了樓梯口，他停下來說：「小潔，不要又瘋瘋癲癲的，ＯＫ？」

「我不會啦。」她說，緊緊揪著他的T恤後面，這是潔西牽手的方式，因為她不是很喜歡跟別人肢體接觸。

他們走到廚房，看見爸爸媽媽坐在餐桌後。爸爸的面前有一杯咖啡，媽媽在拿玻璃杯喝水。

爸爸站起來想擁抱他。「嘿！伊凡！過來啊！」

「你們還好吧？」崔斯基太太問，看著伊凡。

「很好啊。」伊凡說。他走向爸爸，兩人擁抱，爸爸稍微把他抱起來。伊凡很好奇爸爸是不是也這樣抱潔西，所以才會害得她整個失控。爸爸為什麼就記不住這種事情呢？

「我去看有沒有信。」他跟媽媽說。

「時間還滿早的，伊凡，」她說，「應該不會有信件。」

「反正我還是要去看。」

潔西繞著餐桌走了一圈，跟著伊凡到前門，她又揪著他的T恤。

伊凡用力拉門。門很舊了，又歪斜了，所以要開門關門是一樁大工程。果然沒錯，跟潔西說的一樣，一個龐大的黑色帆布袋就放在門前臺階上，裡面塞的衣服足夠穿到……一輩子。

「看吧，」她低聲說，「他終於回家了。」

3 杯中球

杯中球（cups and balls，名詞）

一種經典的魔術，倒蓋的杯子裡有時有球，有時沒有球。霍夫曼教授在他的書裡稱這個魔術是「一切戲法的基礎」。

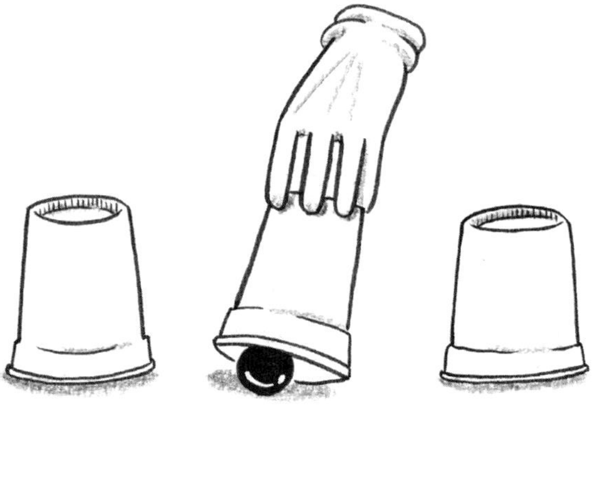

電話響起時，潔西就坐在爸爸的身邊，他跟電話那頭的人正在說某種叫土製地雷的東西，潔西覺得那聽起來很像是炸彈，因為爸爸說它就在他坐的那輛汽車前方爆炸。「如果我們再靠近個六公尺左右，」爸爸說，「我們全都會被炸死，那可不是開玩笑的。」

「杰克！」媽媽又生氣又疲倦，心緒很複雜，那不是潔西能了解的。「我不想要你跟孩子談這種事。」

「為什麼？他們已經長大了，不是小嬰兒了，不是嗎？」他轉頭看著潔西。潔西點頭，「我才不是小嬰兒呢。」她瞄了瞄伊凡，他沒精打采的站在門口，正在練習他的硬幣戲法，他讓錢幣在指節間來回滾動，又忽然消失在手掌心裡。

就在這時，電話響了，聲音好大，讓潔西嚇到跳起來。媽媽匆匆走去接電話，彷彿是想要儘快去阻止恐怖的噪音一樣。潔西的頭痛了起來，胃也有點痛，就好像是灌飽了氣，向四面八方漏氣的感覺。她不知道會有這種感覺，是不是因為太開心爸爸回家了。

「我都快忘了美國的電話鈴聲是這樣的了。」爸爸邊說，邊湊向潔西，對她亮出他的招牌笑容，眼角微微上揚。

潔西希望自己能說出「**我也是！**」——她想要跟爸爸一樣，成為一位獲獎的記者，勇敢無懼，是個英雄。不過她並沒有真的想要去戰地，那裡太吵鬧，太血腥，而且太嚇人了。

她緊盯著爸爸，開始列清單——這是潔西的說法。她要找出自從上次見到爸爸之後，他有什麼改變。大家都說爸爸長得帥，可是潔西其實不太知道那是什麼意思。雖然她一直在聽人家說爸爸有多英俊，但是有一次她偷聽到外婆跟媽媽的談話，卻聽到外婆說：「**杰克最大的毛病就是太英俊了，這反而害了他**。」潔西聽得一頭霧水。長得英俊為什麼會是毛病？

在潔西眼裡，爸爸的臉幾乎沒變，一樣是灰藍色眼珠，挺直的鼻子，高高的顴骨，厚實的下巴。他的頭髮又濃又黑，好像比上一次要長一點。耳朵上方有幾股灰髮，是新長出來的。爸爸變老了嗎？她知道他每天都會跑步——老人家才跑不動呢。潔西看著爸爸放在餐桌上的手，他的手指很長，手掌很厚實。手上沒戴戒指。每次他回家來，潔西總不忘檢查他的手指。

「嘿！」她媽媽對著電話說，「出了什麼問題嗎？我一直沒接到你的電話，還真有點擔心呢。」她走進了餐廳，把門關上了。餐廳現在已經改裝成外婆的房間。不過外婆去看她的老鄰居巫普敦夫婦了，他們住在紐約州的北部。潔西的媽媽昨天開車送她過去的。媽媽出門的期間，外婆會住在那裡。要佩姬同時照顧伊凡、潔西，**再加上**外婆就太辛苦了。外婆會忘東忘西的，像是今年是幾年，或是她為什麼住在這裡，她甚至會忘記自己孫子的名字。不過巫普敦夫婦習慣了外婆忘東忘西的毛病了，他們是她最好的朋友，所以外婆跟他們在一起很安全。

潔西忍不住納悶那通電話會不會是外婆打來的，搞不好出了什麼問題，搞不好外婆需要他們，搞不好房子又發生了什麼事。她把腳踩在椅子的橫杆上，想要讓反胃的感覺消失。

「嘿，伊凡，」爸爸說，「過來這裡嘛。」

伊凡把硬幣塞進口袋裡，他本來倚在門框上，慢慢的挺直身體，走到餐桌旁。爸爸站起來，站在他旁邊，他把伊凡拉近，一手平放在伊凡的頭上。「你今年又長高了多少？」

伊凡聳聳肩。

「八點五公分！」潔西說。她跳了起來，繞著兩人跳舞，「上次體檢的時候貝克醫生說的。醫生說他會長得跟你一樣高，搞不好會長得比你還高耶！」

「比我還高？」他們的爸挺直了腰，收小腹，鼓起胸膛。「真的還是假的？但我還在繼續長耶，你知道嗎？」

「沒有！才沒有哩！」爸爸真的好有趣喔！潔西一邊尖叫，一邊哈哈笑，又跳上跳下的。她覺得好像有電流通過身體裡一樣。

「潔西！不要鬧了！」伊凡說，口氣跟媽媽一樣。

潔西轉了個圈，面對著哥哥。「我不必聽你的話，伊凡．崔斯基。」

「好，」伊凡說，「就讓你的腦袋爆炸算了，看我稀不稀罕。」說完，他朝樓梯走去。

「你要去哪裡？」爸爸問。

「我有事情要做啊。」伊凡說。

「什麼事啊？」崔斯基先生又亮出了他的招牌笑容。

「他的魔術表演啦！」潔西不想要被冷落，於是大喊：「他要表演魔術，所以一天到晚在練習。」

「魔術？」爸爸笑得更開了，他說：「我以前也知道幾個魔術耶，咳，至少知道一個啦。不知道現在還記不記得。」他揉一揉自己的臉頰，又抓一抓下巴。

潔西注意到爸爸的臉上有鬍子，她希望他可別留落腮鬍才好。潔西最討厭爸爸留鬍子了啦，看起來好像變了一個人似的。

「你要變個魔術給我看嗎？」爸爸說。

「要！他會變魔術給你看！」潔西大喊。潔西不懂為什麼伊凡遲遲不開始動作，他很愛表演魔術，而且表演得很棒！他怎麼會不想表演給爸爸看呢？「變那個球會在杯子裡消失的魔術給他看，那個最棒！不然就變那個帽子裡有水的。」

一分鐘後，伊凡帶著三個紅色塑膠杯再回到廚房。他把杯子擺在餐桌上，然後開始表演。

潔西仔細看著伊凡變這個魔術，無論潔西看過幾遍了，就是想不通他是怎麼讓杯子底下的球出現又消失的。他會先高舉一個杯子，裡面裝著一顆球。然後他讓杯子在桌上移動，再把同一個杯子拿起來——可是底下卻什麼都沒有了，而且球跑到了另一個杯子底下！不可思議的是，伊凡的動作好快，而潔西的眼睛卻不夠快，沒辦法盯住球的走向。魔術表演的最後，伊凡會再把三顆球一起變出來。

「太了不起了！你**真的**很厲害耶！」爸爸說。

伊凡笑了，這是爸爸回家後，潔西第一次看到伊凡笑。

「我可以試試看嗎？」爸爸問，「雖然我連記不記得都不太確定……」他拿起三顆球，開始拋擲。潔西從來沒看過爸爸拋球。「我還在熱身喔，」他說，「應該說我都『生鏽』了。」他接住每一顆球，再拋到空中，然後再接住，而且動作似乎越來越快。突然間，只剩下兩顆球！另一顆球到哪裡去了？好像前一分鐘還在，後一分鐘就不見了。潔西盯著剩下的兩顆球，爸爸丟得越來越快，突然間，只剩一顆球了。爸爸把球丟到空中，又接住，像在畫圓圈。

「你是怎麼變的？」潔西大喊，就連伊凡都十分專心看著表演。

「變什麼？」爸爸問。

「把球變不見啊！」

「我有把球變不見嗎？」爸爸反問她。「你確定？」話才說完，空中就又有兩顆球了。

「嘿！」潔西叫著，「現在變……」可是她的話還沒說完，空中就出現三顆球了。

「一、二、三，」他們的爸爸一面數，一面接球，一次接一顆。

「哇！」伊凡說。「這一招真的很酷耶。」

崔斯基先生哈哈笑，把球還給伊凡。「大學以後我就沒玩過了，我居然沒讓球掉到地上，還真稀奇。」

「你能教我嗎？」

「你的球要得怎麼樣？」爸爸問。

「不……太好。」伊凡承認。

「我會教你怎麼變。」爸爸說，「然後練習，多多練習。」

潔西忍不住猜想這句話是不是表示爸爸這次會住上一陣子。他總是有很重要的地方要去，每次只會住個一、兩天；即使他說可以住久一點，也總是會有突發狀況，不得不離開。可是現在他是在承諾吧，搞不好這一次會不一樣。

這時，媽媽走進廚房，把電話放到話機上。

「怎麼了？」伊凡問她。

潔西看著媽媽，她的表情混合了太多的情緒，怪怪的。

「嗯……」媽媽說，看起來有笑容，可是也好像快哭出來了。「我們不用擔心我的行李箱關不上了——因為我不去舊金山了！」

4 變更

變更（switch，動詞）

悄悄的把一個東西換成另一個東西，也可以指計畫突然改變。

「什麼意思？」伊凡問她。媽媽為了這次旅行準備了好幾個星期，她把家裡該洗的衣物都洗好了，把床鋪都換上了乾淨的床單，還把浴室刷洗得亮晶晶的。

「剛才是佩姬打電話來，」媽媽說，「她沒事……她很快就會沒事。她今天早上出了一點小車禍，現在在醫院裡，一隻胳臂斷了。」

「是哪根骨頭斷掉？」潔西問。

伊凡惡狠狠瞪著妹妹。「潔西，媽剛才已經說了，是她的胳臂。」他的腦子不停的轉，不斷思考誰能替代佩姬。外婆呢？**不行！**那個高中生保母普莉雅？**不行！**隔一條街的鄰居伯隆太太呢？**不行！**

「可是，是胳臂上的哪一根骨頭啊？」潔西仍不罷休。「那裡有三根骨頭耶，有肱骨、橈骨、尺骨。」她邊說邊敲胳臂。

「不知道。」媽媽一面說，一面搖頭。「我只知道傷勢不輕，醫生覺得她需要動手術。也就是說……我哪裡也不能去了。」她重重的坐到廚房椅子上，椅子發出很大的嘎吱聲，彷彿它會在媽媽的絕望中瓦解似的。「舊金山再見！迷你假期再見！再見！」媽媽笑了起來，可是伊凡覺得她的表情像是隨時會哭出來似的，她的臉頰有兩坨鮮紅的色塊。

「你好像是鬆了口氣似的。」爸爸說，他喝光了咖啡，又倒了一杯。

爸爸說的彷彿他就住在這裡，這裡是他的房子似的！伊凡心裡想。

「不必到機場去，又錯過了班機，我的確是不難過。」媽媽說，「可是我很期待能跟喬安娜見面。還有舊金山……而且，還有那筆酬勞……」媽媽是自由接案，她得工作才有薪水可拿。家裡沒有固定的收入，如果她不去開會，客戶就不會付她錢，這也表示要付家裡開銷的帳單時就糟糕了。

「哎呀，」爸爸說，「案子再接就有了。你可以接別的案子啊，不是嗎？」

伊凡好想大吼：「**才沒那麼簡單咧！**」爸爸才不知道媽媽有多辛苦呢！雖然有時候爸爸會匯錢給媽媽，有時候卻沒有，所以媽媽根本就不能指望靠爸爸的錢生活，她雖然儘量不表露出來，可是伊凡曾偷聽過許多次電話，他也看得出媽媽臉上的擔憂，知道支付每個月的帳單有多困難。大人總以為小孩子不會注意父母的憂慮，可是伊凡會注意。而且這些事會提醒自從父母離婚後就存在他心中的恐懼，它始終沒有消失過——他很怕他們會不得不賣掉房屋，搬到別的地方去。雖然這棟舊房子是破破爛爛的，差不多每個地方都壞掉了，可是伊凡不想搬家。

「媽，」他說，「你還是可以去啊。潔西跟我可以去別人家過夜，看是去亞當家還是傑克家都可以啊。」

「我才不要睡在別人家呢！」潔西說，「我不能睡在……」她看著媽媽。伊凡看出潔西眼中的驚慌，因為她從來不在別人的屋子裡睡覺，她只在他們自己家和外婆家過夜。

「那就找個人來，一定可以找到一個人……」

「伊凡，來不及了。我的飛機兩個小時後就要起飛了，我不能在最後一刻打電話給別人，要他們來當七天保母。這種事情需要事前就計劃好，我是兩個月前就打電話給佩姬，拜託她幫忙的。」

伊凡無法接受，他不斷想著，一定有解決的辦法。「媽，你一定要去……」媽媽按住伊凡的肩膀，伊凡看得出媽媽了解他的意思。他跟媽媽一直很有默契。「你等不及想擺脫我，實在是讓我**很感動**，可是……」

「爸可以跟我們住。」潔西大聲說。

一時之間，大家都驚訝得說不出話來。伊凡看著爸爸，又回頭看媽媽。

「喔，潔西。」媽媽說，一面搖頭。

「不行！」伊凡大聲回應，他沒想到自己的聲音那麼大。爸爸歪著頭，直勾勾看著他，彷彿是被一根非常尖銳的棍子戳到一樣。

「爸爸他……」媽媽不知道該怎麼說才好。

「嗯，說真的，蘇珊，」他們的爸爸不自然的說，「我可以留下來。畢竟我是他們的爸爸。」

伊凡絕望的看著媽媽，但是媽媽卻瞪著爸爸。

「耶！萬歲！萬歲！」潔西大呼小叫，她笨拙的往上跳，又重重落地。「太棒了！這真的是最棒、最最棒的事了！」她又跳起來，還差點撞到餐桌。

「潔西，別跳了，」媽媽說，「我不在家的時候，爸爸沒辦法留下來。」她轉頭說：「那需要一整個星期耶，杰克，你沒辦法一整個星期陪他們。」

「誰說沒辦法？」爸爸說，「七天只是小意思。」他兩手抱胸，靠著椅背，好像是在海灘上看夕陽。

「你從來就沒有住超過一週，」伊凡不客氣的說，「連兩天都沒有。」

「嗯，這一次你們需要我。」他看著伊凡。

「我們不需要你。」伊凡說，這些話自動從大腦溜到他的舌頭上了。

「伊凡，」媽媽用警告的語氣說著。「問題不是——咳，杰克，你一定有需要去的地方，你總是有……任務。你的下一次任務呢？」

「我現在正好有空檔。」他說，還聳聳肩，「所以有的是時間。」

「問題是……」媽媽低頭看著兩隻手，好似手心裡寫著考卷的答案。「你不能……我是說，你就是沒辦法……」她從落地窗望向傾倒的門廊以及雜草叢生的院子，然後又回頭看著他。「如果你說會留下來，就要真的留下來。你不能改變主意又走掉，千萬不能像……嗯，總之他們都還是孩子，你必須留下來。」

「**我知道**。」爸爸似乎生氣了。伊凡記得他們也曾像這樣說話，媽媽拚命要把意思表達清楚，但爸爸卻生氣了——他記得他們曾這樣爭吵。

「可是他們也不是小嬰兒了，蘇珊。你看，你老是把他們當作連一點常識都沒有似的，好像他們沒辦法照顧自己。如果他們生活在世界的另一端，搞不好已經可以去牧羊、照顧嬰兒，甚至當家了。美國孩子……在這個世界上生存需要強悍一點。」爸爸搖著頭。伊凡隱約覺得爸爸對他們都很失望，因為他們沒見過他在別的地方看過的情況。

「我很強悍！」潔西大喊。「伊凡也是！對不對，伊凡？」

「不要吵啦，潔西，你根本就不知道他們在說什麼。」

「我知道！我知道！爸爸要回家了，他要跟我們住在一起。他說的！」

「喔！我們家的老大說話了！」爸爸笑著站了起來。「唉唷，我們都知道潔西是全家最聰明的人，她覺得這個主意很棒呢。」

伊凡覺得他的頭好像被踢了一腳一樣，每次爸爸來，潔西就會轉來轉去，完全失控；而媽媽則是一副沒有信心的口吻——每件事都走樣了。

「喔，幫幫忙，杰克，你非得……」媽媽朝伊凡和潔西揮揮手，伊凡鬆了一口氣他想，**媽媽當然知道不能把我們留給爸爸——這是每個人都知道的事。**

可是媽媽卻真的這麼做了。爸爸幫她重新打包行李，讓行李箱能順利關上，然後她就搭上計程車走了。

5 誇張

誇張

（exaggeration，名詞）

魔術師常使用華麗、炫耀的手勢和舞臺動作手法，以便誤導觀眾，不讓觀眾注意到魔術師的真正動作。

「你們在家裡面都玩什麼啊？」爸爸拍了幾下巴掌，兩手互搓，好像是準備要大展身手，煮一頓精緻的美食。

「一大堆東西！」潔西說。

「我要回房間了。」伊凡說，一邊朝樓梯走去。

「啊？我才剛來耶，而且媽媽又出門去了……」爸爸挑了好幾次眉毛，彷彿是在計劃什麼媽媽不會同意的事。是什麼好玩的事、刺激的事呢？潔西覺得她的胃像彈得好高，又直直往下落。

「怎麼了？媽媽出門了……你就可以走了，是嗎？」伊凡問。

「嘿，伊凡，」爸爸微笑著搖頭，「別這樣嘛。」

「我要回房間了。」伊凡又再說了一次，不過這一次爸爸沒有阻止他。

「他是在生誰的氣啊？」爸爸喃喃自語，走過廚房去拿他的背包。

「他在生氣嗎？」潔西問。

「是啊，我覺得是。」

「可是他沒有大吼大叫啊。」潔西理性的說。

「是沒有……」

「而且他也沒罵人，或是說他在生氣。」

「沒錯，可是……」

「而且他的臉是像這樣……」潔西擺出了一副空洞的表情，彷彿是一片平靜沙灘上的沙子，被波浪沖洗得很平滑。

「對，可是潔西，他在生氣。你看不出來嗎？」爸爸專注的看著她，看了很久。

爸爸的話讓潔西也開始想上樓回自己的房間，關上門讀《夏綠蒂的網》了。

爸爸從背包的側袋裡抽出手機。

「好棒的手機喔。」潔西說。手機是觸控式的彩色螢幕，而且大螢幕可以用來看電影。潔西的媽媽的手機根本就沒有螢幕可言，她的手機是申辦電話時的免費贈品，而且已經用了五年了。

「嗯，」爸爸漫不經心的說，拇指在螢幕上飛快的滑動，忙著查看簡訊和圖片。「我沒有手機會活不下去。」

「那才不是真的，」潔西說，「這叫誇飾法，歐佛頓老師在詩歌課時教過我們，誇飾是一種極端誇大的說法，那根本不是真的。所以就有點像說謊，只是歐佛頓老師說「誇飾」不算是說謊，因為那是一種修辭的手法。我覺得一點道理也沒有。不是真的就不是真的。像你剛才講的話就是。」潔西不喜歡誇張，她喜歡就事論事。

「嗯，對，」爸爸說，眼睛始終盯著螢幕，「我懂你的意思……可是……先等我一下，好嗎？我得看看稿子。」

「什麼是稿子？」潔西問，她豎直了耳朵。稿子聽起來像是記者工作的東西。

「我在連線……嗯，就是……別人都不知道世界上發生了什麼事之前，他們會讓我先知道。」

「那世界上發生了什麼事？」潔西問。

「很多事。每一天、每一分鐘都有事情發生，而有一些是我要負責的。」

「你不是說你現在是空檔。」

「呃，這個嘛，其實記者不會真的有空檔時間。」

「可是……那就等於你剛剛在說謊。」

爸爸舉起一隻手，要她安靜，他仍專注的盯著螢幕。接著他按了一個按鍵，手機像鳥一樣，叫了一聲，然後他就把手機放進褲子口袋了。「不過目前沒事，至少不是什麼大事情。好了，我們要做什麼呢？」他的臉上有大大的笑容。

「我要帶你去看我的房間！」潔西大喊。

父女倆走上樓，潔西什麼東西都拿給爸爸看——她收藏的最新版侏儒公仔，一整年的作業和考卷，她從圖書館裡借來的書，以及她用來裝飾房間的圖畫和海報。接著她把四期的《四年〇班廣場》都拿了出來，那是潔西主編的班刊。爸爸看了每一份，卻沒讀裡面的文章，

所以潔西就為他把每一份的頭版都唸了出來，她覺得這樣他就不會錯過好東西了。

「而且我還存了八十一塊四十三分喔！」潔西得意的說，一邊把報紙折起來。她在考慮要不要把鎖盒拿出來，讓爸爸看她存的錢，好讓他知道她說的是真話，可是她又想起了她給自己的規定：絕對不能把錢拿給別人看。

「好棒喔！你就跟你媽一樣，會存錢。不像我！」爸爸往後靠在她的床鋪上，輕鬆的倚著床頭板。爸爸很喜歡靠在東西上，媽媽第一次遇見爸爸的時候，他就靠在一輛櫻桃紅的跑車上。「跑車不是他的，**可是他靠在車上的樣子還真帥。**」媽媽老是這樣說，而且說的時候還會哈哈大笑。

「可不可以麻煩你不要穿著鞋子上床？」潔西大聲質問，手指著爸爸的腳。爸爸的腳就放在鴨絨被上，距離潔西的填充動物娃娃們很近。

爸爸換了個位置，把腳垂在床邊。「說真的，潔西，像你這樣一個九歲孩子，能存到這麼多錢很不容易呢。」

「我再四個月就十歲了。」

「我知道。」爸爸說。

「十月八日。」潔西說。

「我知道，潔西。」

「可是有時候你就不記得。」潔西回答。

「我每次都記得，」他說，「有時候是太忙了，沒辦法寄禮物或是打電話來。你知道，當戰地記者真的很辛苦。唉，小潔，你無法想像我遇到什麼……」他的聲音變得很小，似乎忘了自己在女兒的房間裡。「可是我從來沒有忘記你的生日。無論我在哪裡，我都會唱『祝你生日快樂，祝你生日快樂，親愛的潔西．安．小熊維尼．田普頓．夏綠蒂．韋伯．崔斯基……祝你生日快樂！』」

潔西聽到爸爸唱出後面那一大串時，她忍不住大聲笑了出來。爸爸最會編歌曲了，而且也很會講笑話，還傻里傻氣的。她最愛爸爸了！說真的，現在他終於回到家了，她敢說他是天底下最棒最棒的爸爸了。

6 兔子箱

兔子箱

（rabbit box，名詞）

特殊設計的道具箱，外觀像是普通的箱子，其實隱藏了暗門、鏡子和隔間，可以把一隻兔子藏在裡面。

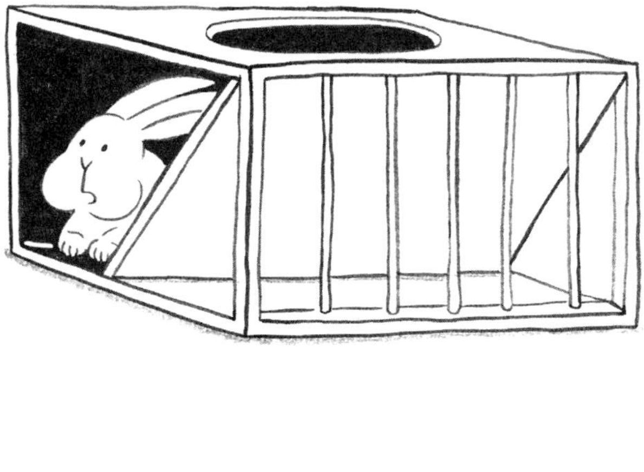

嗨，彼得，你好嗎？我很好。我想請你幫個忙，你有沒有工作剩下的木板或木頭呢？我要做一個箱子，把兔子變不見。我可以把設計的圖畫寄給你，請你幫我切割後，再寄回來給我組裝嗎？謝謝。

伊凡

嗨，大個子！真高興收到你的來信，我一直想著，不知道你們現在過得好不好。一切都不錯吧？我當然可以幫你割木板，可是寄過去的運費會很貴喔。木頭重量很重的。你們家沒有多餘的木板嗎？或許你能在那裡找人幫你割？一定有人知道怎麼使用鋸子，畢竟又不是要動開腦手術！

不過，如果是太粗心的人就很難說了！哈！我昨天看到你外婆了，她能再回來北部住幾天，真好。有空的話，你也應該來啊，最好是你們全家一起回來！這樣我還可以多一個幫手呢！

大個子，抬頭挺胸，有自信點。

彼得

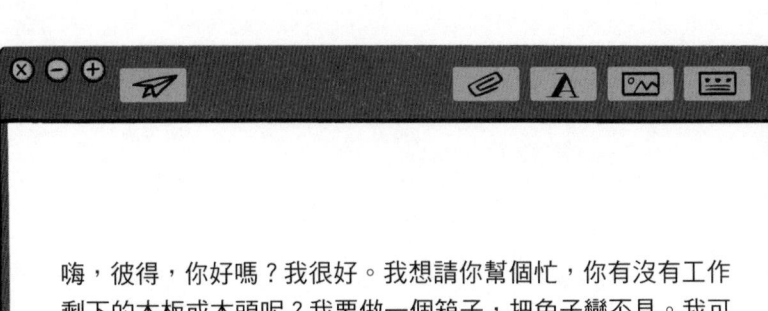

伊凡瞪著電腦螢幕，真希望自己能修改彼得的回信。他想收到的回信內容是：**「嗨，伊凡。乾脆我過去跟你一起做兔子箱吧？我們一起合作，就跟之前你外婆的屋子失火後，我們一起修理房子一樣。」**

伊凡看著《現代魔術》書裡面的兔子箱插圖，看起來好簡單——只需要七塊板子，兩條鉸鏈、一個插銷——這能有多難呢？最難的工作就是割木板了。彼得曾教過他如何上膠、釘釘子、打磨、上漆。跟彼得一起工作做事，就好像在木工學校上課，只是比學校好玩多了。

伊凡又看了一次圖片，然後拿著書下樓去。

潔西跟爸爸坐在後院的門廊上。雖然距離下一個國定假日還有一個星期，天氣也溫暖得像是夏天，後門廊卻還是跟冬天時一樣，空空蕩蕩的。桌子和椅子仍放在閣樓裡，媽媽還沒買番茄、甜椒或九層塔盆栽。以往這個時候，門廊上會擺滿盆栽，像是海芋、金盞花、三色堇、秋海棠、海角玫瑰等。每年春天，媽媽都會種牽牛花，花藤會向上攀爬，繞著破裂的欄杆，覆蓋住碎木頭。「藤蔓把腐爛的地方遮住了！」媽媽都會這麼說。

可是今年媽媽實在是太忙了。伊凡從沒見過她工作得這麼勤奮過，所以才會都五月了，後門廊還像冰封在冬天裡一樣。

潔西沿著後廊走，邊走邊敲欄杆。爸爸在在明亮的午後陽光下，瞇著眼睛看著手機螢幕。伊凡推開滑動式紗門，走到外面。

「嘿，」爸爸說，抬頭一下，「這間房子裡收不到訊號。」

潔西哈哈笑，開始學爸爸講話：「這間房子收不到訊號，這間房子收不到訊號。」

伊凡一臉不高興的問：「爸，你會不會用木頭做東西？」

「木頭？會啊，呃，不對，是不太會。你想做什麼啊？」

「兔子箱啦！」潔西走過來站在伊凡旁邊，看著他手上的書。「魔術表演要用的啦。」潔西停頓不到一秒，然後她的臉像著火一樣，紅通通的。「我知道了！我們來賣票！我敢打賭，我們輕輕鬆鬆就可以賺到五十塊！哇！那是很多錢耶！這樣我就能去開自己的銀行帳戶了！」

「我們沒有要賣票！」伊凡說。他突然覺得很難為情，自己竟然在爸爸面前談魔術表演。

「為什麼？」爸爸問，「你還不夠厲害嗎？」

「他很厲害啊！」潔西大叫，「可是他需要一個很精采的壓軸表演，像會爆炸的原子彈那種等級！」

「你要在哪裡表演？」爸爸問，「大禮堂嗎？」

「不是，」伊凡在嘴巴裡咕噥，「我也不知道。大概是在地下室吧。」他在腦海裡想像的魔術表演是在一間大禮堂裡，那裡有真正的舞臺，還有幾百個觀眾。可是他知道那不可能成真。

「不行，」爸爸仍然盯著手機，他說：「地下室是給魯蛇用的。你需要一個大空間，富麗堂皇的那種。你還需要一個舞臺，有布幕，燈光，樣樣俱全。如果你要收費，就得像個專業的魔術師。」

「我們可以自己蓋舞臺，」潔西說，「一個真正的舞臺！」

「可是我又不是專業的。」伊凡打岔。

「那就假裝一下吧。世界上有一半的人口都在假裝。當你表現得像個專業人士，別人就會像專業人士一樣對待你。在你還沒注意到時……嘿，你就真的變專業了呢。」爸爸兩手抱胸，向後倚靠著欄杆。

伊凡知道接下來會發生什麼事——當潔西大喊「爸，不行！」時，已經來不及了——腐朽碎裂的欄杆發出吱的一聲，接著又傳來「砰」的巨大聲響，欄杆應聲碎裂。爸爸及時挺直身體，但是有一塊木頭已經跌到門廊下的草坪，欄杆留下了一個四呎寬的缺口。

「哇！」爸爸大喊一聲。

「你把它弄壞了！」潔西說。

「唉，總比是別的小孩子站在這裡好吧，對不對？這整個門廊就是一個陷阱，隨時可能會出意外。我不敢相信你們的媽媽居然敢讓你們到這裡來。」

「沒那麼糟啦。」伊凡說，「至少在被你毀掉以前都沒事。」他看著爸爸搖晃著剩下的欄杆，測試每一根木頭，彷彿那些是需要拔掉的蛀牙一樣。「不要弄了！」伊凡大喊。「你越弄越糟。」

「這一個一定得拆掉，一點也不安全。」爸爸用手劃了一個圓弧，彷彿在介紹某人，「再說，這裡就是你的舞臺。」

「什麼？」伊凡說。而潔西一臉迷糊。

「我們把欄杆拆掉，反正本來就需要拆除了。然後我們在草地上擺椅子，再裝上布幕。應該不會太困難。」

突然間，伊凡彷彿也能看見一座真正的舞臺就在眼前，那一定會很完美。潔西跳上跳下，單腳跳完，又換另外一腳。「我們就在下週放假那天表演，這樣就有一個星期可以準備。然後我會做一份《四年〇班廣場》的特刊，在頭版上叫大家都來看。我也做一些門票來賣吧。」她大喊大叫，「耶！我們要發財了！」然後就跑進屋子裡了。

「天啊，她還真是興奮啊。」爸爸又是搖頭又是微笑，彷彿他和伊凡在分享一個專屬他們兩個人的祕密。

「她並不是每天都這樣的啦。」伊凡說。可是爸爸怎麼可能知道潔西平常的樣子？他幾乎沒空來看他們，就算來了，每次潔西就像個瘋子一樣。

「那你覺得呢？」爸爸問。

伊凡自己覺得媽媽不會想看到他們把門廊上的欄杆拆掉；她不想要潔西這麼亢奮，連站都站不住；她更不會想要回家來，發現後院裡有一百個人。可是是做「舞臺」耶，真正的舞臺耶，而且爸爸還自告奮勇要來蓋，他們可以一起合力做出來。雖然伊凡覺得媽媽會反對，但是他實在抗拒不了。

最後，他把攤開來的書拿給爸爸，問說：「你會做這個嗎？」

7 魔術師的助手

魔術師的助手

（magician's assistant，名詞）在舞臺上協助魔術師表演的人；助手必須是個熟練的表演人，負責執行表演中最困難的部分。

潔西平時很喜歡上學，特別是星期一。她最愛一走進教室時，就看到桌上已經有數學練習卷等著她了。她最愛跟歐佛頓老師說話，聽老師說寵物貓週末做了什麼趣事。她喜愛閱讀、作文、科學、社會研究，最愛的是各種考試，因為她總是考一百分！一百分代表最高的成績，而潔西很喜歡自己在某些事情上是第一名的感覺，可以幫她分散掉那些她不擅長的事情和挫折。

可是今天她卻巴不得快點放學。

今天一早就不太順利，爸爸晚起，來不及幫他們兩個做早餐。直到他們都要出門上學了，他都還沒起床呢。雖然潔西不需要別人幫她做早餐，她知道怎麼倒穀片，而且媽媽也准許她自己用烤箱烤麵包。可是她很想要吃爸爸從幾個城鎮之外的大都市裡買來很特別的貝果，只要從中間對切，抹上起司醬烤來吃，可是媽媽不准潔西動刀子，就連伊凡都不能使用那把沉重的鋸齒形麵包刀。如果媽媽在家，她會在潔西穿好衣服、梳好頭，下樓以前就把貝果烤好了，然後媽媽會幫她綁馬尾。但是今天她只好頂著一頭好像長了幾坨古怪腫塊的頭髮去上學。

潔西巴不得快點放學的另一個原因是她想要回家去做最新一期的《四年〇班廣場》。潔西想，如果在頭版報導宣傳魔術表演肯定能炒熱氣氛，讓她順利賣出很多票。而且，氣象報告欄也有特稿，是如何因應暴風雨緊急事件的文章。

潔西總是會把當月的天氣統計放進《四年〇班廣場》裡，她最愛從學校的氣象站蒐集資料了。今年年初，四年級學生還會為了爭著要爬到體育館的屋頂上去抄溫度計、氣壓計、風向計、風速表、雨量計而吵架，可是現在學期快結束了，只剩下她和大衛・科克里安仍然在搶抄寫這個資料的特權。

氣象站資料

日期：星期一　時間：早上 8:52

溫度計：26.1℃

氣壓計：29.84

風向計：西北風

風速表：20–25m.p.h

雨量計：0

歐佛頓老師告訴他們，最近那些氣象測量計將會有奇怪的數據出現，因為巴哈馬那邊有熱帶風暴形成，所以他們大家都應該要「時時睜著一雙氣象眼」，好好觀察。現在的空氣已經又黏又熱了，而且一點風都沒有，就好像大氣層的空氣被抽乾了一樣，所有的東西彷彿厚重且停滯著。

但是潔西巴不得快點放學的最主要原因是，她想要問伊凡要不要讓她**參加**魔術表演。昨天她提到想當他的助手，他只說：「再說啦。」所以今天她要再問一次伊凡。

「我回來了！」她一進門就大聲喊。沒有人回應，通常這時候媽媽會在廚房裡，等著她走進去，不過媽媽今天不在——她在舊金山，星期六中午才會回來——今天才星期一，也就是說，還得等五天，媽媽才會回來。

潔西檢查廚房流理臺，看有沒有字條。不過沒有紙條。她知道伊凡幫他的朋友萊恩抬他的社會研究計畫道具回家。萊恩的研究主題是用樂高重建一七〇〇年的阿貝納奇族村莊，那需要兩個人一起抬，否則印第安人的棚屋就會從展板的邊緣掉下去。

潔西打開了廚房的電腦，然後從冰箱拿出一杯黑莓果凍。她在學校裡想到了一個點子，可以說服伊凡讓她當助手。她在電腦前坐下，敲了幾個字，再用Google 搜尋：**怎麼抓兔子？**

潔西並不怎麼喜歡動物，她不喜歡動物的味道，也不喜歡牠們隨地大小便，也不喜歡自己想對牠們好的時候，牠們卻會咆哮或是低聲吼叫。如果她在街上看到狗，她就會走到馬路對面去；如果去養貓的人家裡，她會雙手抱胸，把兩手塞在腋窩下，既安全又不礙事。至於馬呢？潔西絕不會靠近任何一匹馬的二十呎範圍之內。因為只要被牠踢一腳，你肯定會顱骨破裂，住進醫院。

可是伊凡需要一隻兔子，而潔西想要和他一起表演。也許他們可以一起想出辦法來捉兔子。

前門吱呀一聲打開了，伊凡走進廚房，把背包甩在門廳地板上。

「媽說**要把背包放好**。」潔西說。

「媽又不在家。」伊凡不高興的吼著。

「你還是應該放好。」潔西說。她不會打伊凡的小報告，他們幾乎都不會告彼此的狀。雖然媽媽答應每天下午四點都會打電話回來，潔西很想要告狀，不過，現在潔西有不同的想法。「我來幫你放！」她說。

伊凡聳聳肩，好似無所謂，可是潔西看得出來伊凡正在猜到底是怎麼回事。她把他巨大的背包拖到車庫裡的衣物間，他們的大衣和鞋子都放在那裡。媽媽允許他們把背包丟在那裡。等潔西回到廚房時，伊凡正拿著一大袋多力多滋和一整瓶柳橙汁要上樓。潔西一看到那些食物，就很想提醒他不可以在房間吃東西，不過她硬是咬著舌頭忍住了，只默默跟著他。

「那……我能不能當你的魔術師助手？」她一到伊凡的房間就開口問。

「嗯，我會考慮。」伊凡說，一面把昨天從地下室拿上來的圓形小折疊桌架起來。他打算用這個當他的道具桌——而這種工作通常是由魔術助手處理的。

「你昨天也這樣說。」潔西說。

「那我今天就再說一次。」

「為什麼我不可以當助手？」

「我沒有說你不可以，我只是說要考慮。」

「你跟**大人**一樣，那句話不就是等於是不可以？」在伊凡和潔西之間，「跟大人一樣」這種說法是最嚴重的侮辱。

伊凡把桌子豎直，再用力往下壓，確定桌腳夠穩。他直盯著潔西看。「問題在這裡，小潔，當助手一定要……很敏捷，你一定要動作非常快，非常完美，而且……你絕對不能搞錯。只要有一個地方搞錯，整個表演就毀了。」

「我不會！我不會！我保證。我會一直練習。只要告訴我怎麼做，我會把每個地方都做對。」潔西真的很想要上舞臺，她想要讓每個人都看到她有多棒，然後為她鼓掌。而且她想用魔術來騙大家——別人都不曉得是怎麼變出來的，只有她知道答案。

但最主要的原因是她想跟伊凡一**起做**一件事。他們以前都一起做各式各樣的事情，擺檸檬水攤，建造彈珠軌道，玩遊戲，像「軍略棋」、「快艇骰子」、「妙探尋兇」等。可是現在他老是有別的事要做，感覺好像他改變了好多，他長大了，也變嚴肅了，比較像大人。但是潔西不喜歡這樣。

「我不知道耶，」伊凡說，「這次的表演很……很重要，不是小孩子的遊戲。」

潔西點點頭，她知道很重要。潔西想，第一，因為他們可以賺很多錢，而錢是很**重要**的，至少對潔西來說。第二，爸爸也會看到表演，而她想要讓他印象深刻，那他就會知道她跟伊凡都很擅長某些事，他們並不是小嬰兒，他們可以做當爸爸的人都會想要的那種孩子。

「如果我幫你弄到兔子呢？」潔西脫口而出。「那你就會讓我當助手嗎？」

伊凡擺出一副假笑的臉，意思是他覺得她是個笨小孩，而他成熟多了。潔西知道那種表情，她太清楚了！「你要到哪裡去弄兔子？」伊凡問，雙手抱胸。

「我都計劃好了，討厭鬼先生，包在我身上。那我們就這樣說定了？」

伊凡揮揮一隻手。「好，你幫我弄到兔子，我就讓你當我的助手。」

「握手！」潔西說，伸出了一隻手。

「好、好、好……」伊凡說，很快的握了她的手，然後就又回去弄他的道具桌。「祝你好運了，小潔。」

「我不需要幸運，」潔西說，「我也是崔斯基家的人。」這句話是他們小時候常聽他們爸爸說的，在他要離開之前。

Google 網頁上說得倒簡單，甚至還有解說圖片。

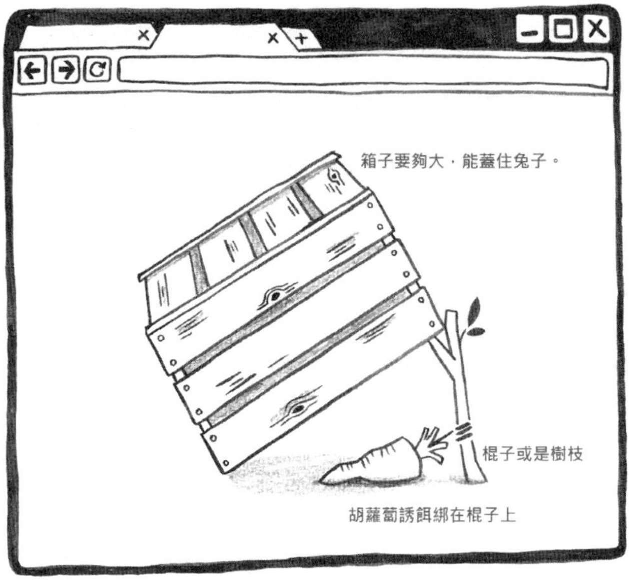

潔西需要一個能夠蓋住兔子的箱子，而且還要夠重，才不會被兔子踢翻。然後她需要一根頂端分叉的棍子來頂住箱子，還要一條繩子做機關，把棍子抽走。她也需要能引誘兔子的食物。胡蘿蔔似乎是最好的選擇，但是潔西覺得芹菜應該也可以。

看起來一切似乎相當簡單，只要做好陷阱就能搞定。可是因為潔西急需一隻兔子，所以她決定要架設五個陷阱。

潔西的運氣不錯，地下室裡有各種形狀大小的箱子。崔斯基太太在資源回收方面有點狂熱。他們把每一個箱子、袋子、每一條橡皮筋或緞帶、每一張包裝紙都一再回收利用。潔西甚至沒在家裡見過全新的信封。「誰需要用新的信封呢！」

那是在殘害地球！」媽媽總是這麼說。

只是箱子太輕了，但是潔西輕輕鬆鬆就解決了問題。她用膠帶把石頭貼在箱底。潔西對膠帶的熱愛差不多跟她對便利貼的熱愛一樣。有一次她還用膠帶做出了一個背包呢。

「你在幹麼？」梅根走進後院看見潔西在安裝她的五個箱子。梅根住在同一條街上，是潔西最好的朋友。梅根在學校裡有許多朋友，可是潔西只有一個朋友。

「請保持安靜，要非常非常安靜，我在捉兔子子子……」潔西模仿卡通裡的埃爾默．法德，他總是想辦法要抓住兔寶寶，可是沒有一次成功。潔西希望她的運氣會比較好。

「嗄？」梅根說。

潔西討厭的搖搖頭。「你都不看《兔寶寶》嗎？」雖然梅根是潔西最好的朋友，有時候她還是覺得梅根有點問題。

「要怎麼抓？」梅根不理會她的問題。

「我們需要棍子，前面開叉的棍子。」他們到潔西家後面的樹林裡找適合的樹枝。那裡有好幾百根樹枝，可是很難找到大小剛好、前端又有開叉的。大概找了二十分鐘後，她們才找到五根適合的棍子。

「你要拿什麼來做餌？」梅根問，一邊跟潔西在五根棍子上綁繩子。

「看冰箱裡有什麼。」潔西才不要花錢去買胡蘿蔔哩，她覺得肚子餓的兔子只要是蔬菜都會吃。最後，她們決定要用櫻桃蘿蔔，因為可以很容易就用繩子綁住，而且看起來很漂亮。

「好像粉紅色的心喔！」梅根說。

「兔子無法辨認紅色。」潔西的眉頭皺了起來，可是她希望兔子能聞到櫻桃蘿蔔的味道，然後就一蹦一跳的跑過來。她**真的**很想要一隻兔子，只要一隻就好。

潔西向後退，開始檢查五個兔子陷阱，雖然看起來有點東倒西歪的。她跪在草地上，趴下來，臉頰貼著刺刺的草，看著箱子下方的陰暗空間，感覺滿寧靜的。

梅根也趴在地上，看著箱子裡面。「你覺得有人要抓兔子，兔子會不會不高興？」

「兔子才不會這樣想呢，」潔西說，「兔子的大腦只有胡桃那麼大。」

「大腦不大並不表示牠們就沒感覺啊。」梅根說，「動物可以感覺到害怕或是開心，雖然牠們並不知道原因。」

「我會對牠很好，」潔西說，「我會每天餵牠，帶牠去散步——我散步，牠用跳的。」潔西咯咯笑。

「可是搞不好兔子不喜歡啊，或許牠只想要自己亂跳，跟牠的朋友玩。」

「這隻兔子會是舞臺上的明星耶，而且還會上報紙的頭版！大家也會為牠鼓掌。」其實潔西也知道兔子不會在乎這個，不過梅根為什麼老是要問一些潔西不喜歡的問題呢？為了改變話題，潔西說：「把手放下來，放在草地上，像這樣。我想測試一下。」

梅根按照潔西的指示，把一隻手放在箱子下，然後潔西手刀揮掉棍子，箱子就壓了下來。

「噢！」梅根大叫一聲，把手抽出來。

「會痛嗎？」潔西問，眉毛扭動著。

「至少會感覺到不舒服！」梅根說。

「可是不會痛，對不對？我是說，你的手沒有斷吧？」

「你在幹麼啦？」梅根揉搓著被銳利的箱子邊緣砸到的手腕。

「我不想要不小心傷害到兔子啦。不過兔子其實會在箱子下面，所以牠應該不會被打到吧。」

潔西把棍子和箱子架好，陷阱就又做好了——可是她有一種刺刺的、不自在的感覺，為了讓自己鎮定下來，她輕聲說：「請保持安靜，非常非常安靜，我在捉兔子子子……」

8 機關

機關
（gimmick，名詞）
為了變魔術而特別準備的工具或裝置，譬如兔子箱。

伊凡看了一眼地下室的時鐘，已經兩點四十五分了。媽媽說四點她會打電話來，昨天他們沒接到她的電話，因為有時差。不過，今天他先算出時差，而且他想聽她的聲音，確定她「平安無事」，他也想要跟媽媽說他們在準備魔術表演。可是他不想跟她說他正在地下室裡忙什麼，所以他急著快點完成工作。

伊凡用媽媽放在工具架上的弓鋸鋸木頭，不過進展不太順利。他已經把線鋸薄薄的鋸條弄斷了，因為他想割的那片木頭太薄了。他改用大一點的弓鋸，但是割出來的木頭歪歪扭扭的，亂七八糟。而且，他的胳臂感覺好像快掉下來了，他卻連一面木板都還沒割好。依他的計劃，光是要割出六片需要的木板，可能就要三天，可是他不會放棄。伊凡想，想要當真正的魔術師，就必須知道如何製作自己的機關。

為了能聽到電話聲，伊凡豎起耳朵，仔細傾聽車庫門的方向的聲音。爸爸已經出門了，伊凡想在爸爸把車開進車庫時，就立刻停止鋸木頭，跑到樓上去。因為想也知道，爸爸一定會教訓他，說他年紀太小，不應該使用鋸子，他一定也會說那些工具有多危險，是想要割斷自己幾根手指頭？

「嘿，你在幹麼？」

伊凡聽到爸爸的聲音時，格外吃驚。他嚇了一跳，手上的鋸子沒握緊，按著的那片木板向前滑，從用來當工作檯的木塊上掉下去。

「嘿，爸！」伊凡說，把木板撿起來，再隨手放到一邊，感覺心臟正用力撞擊著胸膛。他會受到什麼懲罰呢？

「你要做什麼？」他爸問。

「就是我昨天拿給你看的東西。那幅兔子箱的畫。」伊凡仔細列出所需的所有木板和釘子。

兔子箱材料

- 底分隔板X2
- 側板X2
- 背板X1
- 蓋子（半片）X2
- 木釘X8

昨天爸爸看起來好像不怎麼感興趣，可是今天他卻說：「嗯，想要割這種木頭，工具好像不對喔。這太厚了，割出來的邊緣會不整齊喔。」

伊凡真不敢相信爸爸居然沒有對他大吼大叫，罵他居然在沒有大人監督的時候自己使用鋸子。他的反應就好像伊凡自己割東西是天底下最正常不過的事情了。伊凡很希望媽媽也能像爸爸這樣，不要一天到晚把他當成一個小嬰兒。

伊凡看著爸爸。「那你可以割得很直嗎？」他問。

他爸爸搖頭。「用這種鋸子，誰都沒辦法割，你需要電動工具才行……所以我剛剛才會跑去鋸木廠，已經請他們幫我們割好了。」

「你是在開玩笑嗎？」伊凡瞪著爸爸，一言不發。他猜不出來爸爸到底是不是在說笑話。

「不是。我影印了一張你的圖，拿到迪爾工廠。工廠的人說你的測量非常棒，非常精準，他說他們就是喜歡像你這樣子的建築工人。我跟他說：『不然呢？他是我的兒子啊！』」說完，他朝伊凡眨眨眼，就走向汽車了。

木板切割得十全十美，每一塊都方方正正、整整齊齊的，就跟彼得割出來的一樣，沒有粗糙的邊緣，沒有割錯的痕跡，沒有碎木片。伊凡跟爸爸一起把木板組裝起來，先用木材黏著劑，再仔細的釘好一排釘子。伊凡跟爸爸解釋木板的兩側都需要塗膠水，這樣接起來比較牢。這是彼得曾教他的，爸爸好像很佩服他。

「要先放一個晚上，然後才能用砂紙磨。」伊凡說，「先用比較粗的砂紙，大概是九十號或是一百號的，最後再用比較細的，像是八十分之一的。」

「伊凡，你真的很懂耶，你是從哪裡學來的？」他爸爸正摸著他們釘在箱蓋上的樞紐，樞紐是光亮的黃銅──伊凡知道這是貴的那種。他測量了大小，在木頭上鑿出了凹槽，讓樞紐能嵌進去。「**注意小細節才能做出美麗的東西。**」這是彼得去年新年和伊凡一起修理外婆的農場屋子時說的。

「我也不知道，大概就是一面看，一面學的吧，就……是跟別人學啊。」伊凡把鎚子和鑿刀小心的放回工具架上。他不想跟爸爸討論彼得。

電話響了，伊凡愣住了，看了爸爸一眼，就衝上樓去，他想在第四聲之前到廚房接電話，因為那之後會自動轉到語音信箱。

「真不曉得你媽幹麼還用家用電話，現在已經沒有人用家用電話了。」他爸爸跟在後面。

伊凡沒有停下腳步。「我沒有手機，潔西也沒有。」他覺得有點氣惱，爸爸居然連這個也不知道。

「沒手機太可笑了，我得跟你媽媽談一談。」

伊凡在第四聲之前跑到了，他把電話拿起來，按了通話鍵，心裡想著：**能有手機的話一定很酷**。伊凡的一些朋友已經有手機了，而他從聖誕節起就一直在求媽媽幫他買，可是媽媽說伊凡年紀太小了。

「喂？」伊凡說。

「嘿！你們好嗎？我好想你們喔！」他媽媽的聲音聽來很開心，而且有一點喘不過氣來。

「我很好！你呢？坐飛機還好嗎？」他知道媽媽一直有點擔心坐飛機，她不太常搭飛機。伊凡還沒有坐過飛機，所以他不知道有什麼好擔心的。

「其實還滿棒的呢，滿好玩的。我旁邊坐了一個很好的人，我們一路上都在聊天。」

一個很好的人？這是什麼意思？伊凡決定不想追問。

「今天上學還好嗎？」媽媽問，「蝴蝶孵化了嗎？」

「還沒有，」伊凡說，「可是歐佛頓老師說明天可能就會孵化。」

「那就好，你沒錯過牠的孵化。我還在擔心蝴蝶會在週末破繭而出呢。萊恩回去上學了嗎？」

「嗯，可是他提早回家了，他說他還是覺得不舒服。」

「可憐的傢伙！那你呢？你最近都在做什麼？我真不敢相信整整兩天沒看到你們了！」

「沒什麼特別的。」伊凡說。

「沒什麼？少來！你一定從我出門以後就在做什麼東西吧。」

伊凡離開廚房，走上樓。他絕對、絕對不想告訴媽媽他在地下室鋸木板，或是他們把後門廊的欄杆折斷的事情。不過，為什麼他也不想告訴媽媽釘兔子箱的事，甚至是魔術表演的事呢？而且不知道為什麼，他也不想讓爸爸聽到他跟媽媽講電話。通常是相反的情況——媽媽在家裡，而他跟爸爸在通電話。現在是媽媽不在家，感覺怪怪的。

突然間他一點也不想再講電話了，他想要再跟爸爸一起去弄兔子箱。

「沒有啦，就是上學啊，平常那些事嘛，」伊凡說。「嘿，我要掛電話了，我還有功課沒寫。」

「等等！等等！」媽媽說。伊凡聽得出來她很驚訝。「家裡沒事吧？你跟你爸還好嗎？」

伊凡遲疑了。他該跟媽媽說哪些事呢？如果他說：「**我跟爸爸在一起快樂極了。我們整個下午都在一起釘東西，他還表演了魔術給我看，而且爸爸還要幫我蓋魔術表演的舞臺耶。**」媽媽聽到這些是會開心還是難過呢？伊凡還記得之前爸爸離開時，媽媽有多傷心，她哭了好幾個星期。每次伊凡經過關著門的浴室，都會聽見水流不斷的聲音，因為媽媽在哭。那實在很可怕。但潔西不記得了，她那時還太小。

「喔，就那樣嘛，還好啊。」伊凡回答。

「真的？我很擔心……」

「沒事啦，媽，不要擔心。在加州玩得高興一點。別忘了要吃葡萄喔！記不記得我三年級時做的報告？葡萄是加州產量第一名的農產品欸。我真的要掛電話了啦。」

「好，好，你忙，你忙。我可以跟潔西講話嗎？」

「她去梅根家了。」

「喔，那好吧，我明天再打。」

「好！拜拜！」

他掛電話的時候，彷彿聽到媽媽說「我愛你！」但他不太確定是不是聽錯了。

伊凡聽到樓梯上有碰撞聲，只有一個可能：潔西回來了。

她衝進了他的房間。「是媽媽嗎？能不能讓我跟她說？」

「你回來晚了。」伊凡把話筒拿高揮舞，表示已經斷線了。

「人家忘了時間了啦！」潔西哀叫。「我一到梅根家了，突然想起來，就一路跑回來。我要打電話給媽媽。」

「不行，她在開會了。明天她會再打來。」

「人家不要等到明天啦。」潔西整個人趴到伊凡的床上。

伊凡聳聳肩。他的年紀夠大了，知道有時候就是不能如願以償，不過他還是為潔西感到難過，如果是他自己錯過了電話，他也會覺得很討厭。

「嘿，你抓到兔子了嗎？」伊凡微笑著問。也許他會讓潔西協助他表演一個比較簡單的撲克牌魔術，像是「環遊世界」之類的。她再怎麼錯也不會錯到哪兒去的那種表演。

「我也不知道，」潔西說，從床上跳了起來，「我設了五個陷阱。」她跑到窗邊，瞪著後院。

「你設了**陷阱**？什麼陷阱？」伊凡也跑到窗邊去看，腦袋裡有恐怖的畫面，以為是那種獵熊的龐大陷阱，有鐵鋸齒，合起來的話能壓碎動物的腿。可是他往後院一看，只看到歪斜的紙箱，很像是戴帽子時把帽子往後推的樣子。

「伊凡，」潔西輕聲說，「你看！有一個蓋上了。我抓到兔子了！」

9 丟棄

丟棄

（ditch，動詞）

擺脫、扔掉、放棄的意思；在魔術手法中，魔術師偶爾會悄悄扔掉道具。

潔西搶著第一個下樓，不過其實她也沒領先多少。伊凡緊跟在她後面，又推又撞的，也想要第一個衝到陷阱那裡。他們衝到後門廊的時候，甚至把紗門撞離了軌道。

當等他們終於跑到陷阱那兒時，潔西大喊：「等等！不要亂碰！」兩個人就都瞪著箱子。

有兩個箱子已經側翻，棍子掉落在地上，櫻桃蘿蔔也沒了。有兩個陷阱仍然保持原樣，但是有一個箱子蓋住了，看起來就像是捉到了兔子的樣子。

潔西繞著箱子走了一圈。

「你在等什麼？」伊凡問她。

「我們需要計劃一下。」潔西說。

「計劃什麼？就把箱子拿起來，把兔子抓起來啊。」

「沒那麼簡單啦，」潔西說。「要是兔子會咬人呢？」

「兔子才不會咬人咧！」

「誰說的？兔子有牙齒，有兩排門牙。牠們受到驚嚇的時候，也會咬人的。」

這時潔西才想到兔子會被嚇到，她之前從沒有想過。潔西不喜歡被關在黑暗的空間裡，她一想到被關在那麼密閉黑暗的空間裡，就忍不住發抖。

「我**可沒有**被嚇到，」伊凡說，「只是一隻兔子而已。你把箱子掀起來，我來抓。」

「你需要手套，可以保護你的那種。」潔西說，「免得兔子抓你。」

「兔子不會抓人。」

「兔子也有爪子。」

「你怎麼會知道這麼多兔子的知識？」

「我在書上讀到的。去廚房拿烤箱手套吧，可以保護你的手和胳臂。」潔西說。她星期天晚上花了一個小時讀兔子的資料。雖然她沒看到有哪篇文章說兔子會攻擊人類，可是兔子該有的東西都有：利牙、爪子、以及強而有力的後腿。小心一點總是沒錯的，這是潔西的座右銘。

一分鐘後，伊凡帶著鮮紅色的防熱手套回來了，他看起來像個薑餅人，他說：「戴上這個之後，我絕對抓不到兔子的。」

「你不用去抓它，只要不讓它逃走就好了。就像推土機一樣，我會把箱子翻過來，把兔子裝進去。然後你用手把箱子蓋好，好嗎？」

「ＯＫ。」他面向箱子蹲下來，像蹲在本壘板的捕手一樣。

「伊凡，你一定要真的很小心喔。不要抓牠，因為兔子的骨頭構造很特別，會像這樣斷掉。」潔西兩根手指一彈，示範兔子的骨骼有多脆弱。「所以牠們才能鑽進很小很小的地方。」

伊凡站起來。「小潔，我們乾脆不要抓了，如果兔子已經受傷了呢？」潔西看出伊凡臉上掛著擔心的表情。伊凡擔心的表情很容易辨認，他的眉毛會往下，而且嘴巴歪歪扭扭的，雖然是微笑，卻不是開心或難過，而是擔憂。

可是並沒有證據顯示兔子受傷了啊，潔西不想讓自己沒有理由就胡亂擔心。目前唯一合乎科學方法的事就是把箱子抬起來，找出真相。科學家都會這樣做，而潔西喜歡科學，比研究動物更喜歡。

「我們一定要看一看，」她嚴肅的說：「你準備好了嗎？」

伊凡又蹲下來。「好了。」

「一、二、三、抬！」潔西把箱子側翻。當伊凡往前衝、用防熱手套充當路障時，她就能用箱子把兔子裝起來。

草地上有黑黑的東西在動，可是裡頭有刮擦箱子的聲音，潔西把箱子放在地上，開口朝上。

「哇，抓到了！」伊凡大叫。兩個人都看著箱子裡面。

箱子底部有一隻暗褐色的小動物，發了瘋似的繞著箱子跑。但牠卻不是兔子。

「抓到什麼？」伊凡問。

「一隻田鼠。」潔西說話的樣子，感覺像是收到生日禮物，打開來卻發現是襪子。

「田鼠？」伊凡說。「我都不知道後院有田鼠耶。」

潔西看著伊凡，她的計劃毀了。他們沒抓到兔子，所以伊凡不會讓她當助手了。她只能賣票，帶客人入座。潔西問：「你的魔術應該不會用到田鼠吧？」

「不行啦，」伊凡說。「這隻小傢伙會挖地道逃走。你看！」他說的沒錯，田鼠已經用兩隻大爪子在抓箱子內壁了。「可是小潔，我覺得你不應該再抓兔子了，知道嗎？」

潔西點頭。如果裡頭小動物受傷了——即使是這隻田鼠——她都會感到非常自責。她不喜歡動物，可是她也不想害動物受傷。去年冬天她甚至挺身而出，阻止幾個男生欺負一隻青蛙，而且那些男生比她年紀還大呢！可是潔西毫不退縮，堅持要他們住手。所以她把箱子傾斜，看著田鼠消失在樹林裡。

「那你就沒有兔子可以表演了。」她說。

「沒關係啦，我要用彼得兔。」伊凡有一個舊的彼得兔填充玩具，穿著一件藍外套，還拿著一根橘色的胡蘿蔔。

「那不一樣啦，」潔西說，一面搖頭。真正的魔術師才不會用玩具呢。「活的兔子比較好。」

「對啊，不過還能怎麼辦？用填充玩具沒關係啦，我還是能讓它變不見啊。」伊凡撿起所有的棍子，丟進樹林裡。潔西也把箱子疊起來，箱子裡黏貼了那麼多石頭，真的很重。

「嘿，小潔，」伊凡說，「你在翻箱子跟抓田鼠的時候手腳還真俐落耶，你的動作很快，而且做得很好。我可能沒辦法做得跟你一樣好喔。」

潔西微笑著，「我只是儘量保持冷靜，沒有慌亂而已。」

「對，你完全不慌亂。」伊凡望著樹林一會兒，接著他說：「那你想當我的助手嗎？」

「真的嗎？我可以嗎？」潔西興奮的跳上跳下。「好！我一定會表現得很棒，我發誓！我會一再練習，變得超級俐落。」

「那我們現在就應該開始練習了。一個星期以後就要表演，還得學會所有的技巧，時間可能不太夠。」

他們把所有的箱子都收好，正要拖到門廊上時，看到爸爸走到門外，他在尋找有比較好的收訊位置。他朝他們點頭說聲：「嘿！」可是眼睛卻只盯著螢幕。

「我要參加魔術表演了！」潔西說。

「太好了！」爸爸頭也不抬，兩根拇指都在敲按鍵。潔西覺得自己聽見爸爸低聲罵髒話，又不是很肯定。

「我們還抓到了一隻田鼠耶！」她希望他能注意她一下。她想跟爸爸說自己手腳超級俐落，可是她知道那樣是吹牛，而自己不應該吹牛才對。雖然她不懂原因為何，也許伊凡也會跟爸爸說她在抓田鼠的時候有多厲害，可是伊凡正忙著把箱子上的膠帶撕掉，堆出了一堆石頭。想也知道，一定是潔西得把石頭拿回樹林丟掉。

「本來是要抓兔子的！」潔西又再說了一次，想讓爸爸注意聽她說話。

「嗯……」她爸爸邊說，邊皺著眉看螢幕。

「應該要是兔子才對啊！」潔西氣餒的大吼。有時候她覺得爸爸很棒，可是有時候他就好像只有身體在這裡，魂魄不知道飛到哪裡去了。忽然間，她又想起剛剛錯過媽媽電話時很不開心的感覺。媽媽為什麼要出門？媽媽對她的捕兔陷阱一定會問幾百萬個問題。

「哎呀！兔子！」她爸爸突然說，潔西還以為爸爸終於有聽她說話了。可是他反而轉頭跟伊凡說話：「我都忘了，我去割木板的時候，有繞過去寵物店去買一隻兔子，就在放在後車廂裡……」他從牛仔褲的口袋裡掏出了媽媽車的鑰匙，拋給伊凡。幸好，伊凡接住了。門廊的地板上有很多裂縫，萬一鑰匙掉下去，就撿不到了。

「你把**兔子**忘在車子上？」伊凡問，拿著鑰匙。

爸爸聳聳肩，漫不經心的揮揮手，這時他的手機正好響起。他背對著他們，急切的講電話：「我找你找了好幾天了……」然後他真的罵了聲髒話，很大聲。

「來吧，小潔。」伊凡說。兩人匆匆繞到屋子前面，車子就停在車道上。

「怎麼可以把動物關在悶熱的車廂裡？」潔西緊張兮兮的說。

伊凡用鑰匙開後車廂，可是後車廂卡死了。媽媽的後車廂兩年前被撞過，後來就就很難打開了。有時候用力扭鑰匙還能打開，有時候不行。

「從裡面開看看。」伊凡說。

潔西打開駕駛座的門，把後車廂的開啟桿往上拉，還是沒用。

「怎麼辦？怎麼辦？」戶外至少三十二度，車子裡的黑色椅墊還會吸收陽光的熱，車子裡最少也有三十七度，那後車廂不就更高？潔西想像著自己被關在那個狹窄、黑暗、悶熱的地方，覺得心臟砰砰砰跳得很厲害。

「我們……嗯……」伊凡仍不停的扭轉鑰匙，想打開後車廂。

「我們應該去叫爸爸，他一定能打開。」

「小潔，就是他把兔子丟在這裡的！」

「可是現在兔子會熱死！」潔西曾聽說過狗被留在密閉的汽車裡，幾分鐘就會死，就算是在涼爽的春天裡也一樣。何況今天這麼熱，她知道毛茸茸的動物很難控制體溫，因為牠們不會出汗，所以可能會體溫過高，最後死亡。

「來，我看能不能把座位放下來，」伊凡說，「然後你可以從那裡爬到後車廂。」

潔西和伊凡跳上車，伊凡把鑰匙插入固定座位的鎖孔後，扭了半天，又拉了半天，終於把一張座椅放平，露出了一個小小的三角空間。

「小潔，從這裡爬進去抓兔子！」伊凡說。那個小空間對伊凡來說太狹窄了，可是潔西的體型剛剛好，她能爬得進去。

「可是裡面很黑耶！而且……」潔西十分驚慌失措。萬一她爬進去，卻爬不出來怎麼辦？萬一兔子沒被關在籠子裡，突然攻擊她怎麼辦？萬一牠咬了她的臉呢？萬一她沒辦法呼吸呢？

「不會怎樣啦，」伊凡說，「我會一直抓著你的腳，如果發生什麼事，我會把你拖出來。」

潔西把頭伸進後車廂裡，又退了出來。「我什麼也看不到，那裡烏漆墨黑的。」

「那就試試看用摸的嘛，裡面一定會有個箱子。」他兩手按著妹妹的肩膀。「潔西，你一定要爬進去，你一定要勇敢。我會在這裡一直陪著你，我發誓。」

潔西先把頭伸進去，再往前爬，直到上半身都鑽進後車廂裡。車廂裡只有一點點光線，可是角落卻仍黑得像墨汁一樣，她什麼也看不見。

她把屁股擠進去，然後膝蓋再一吋一吋向前挪。後車廂裡的空氣很悶熱，她覺得自己的肺像是堵塞了一樣。上面是車蓋，所以她沒辦法伸長手腳來爬。她肚子貼車廂底部，伸長兩隻手。她想要正常呼吸，可是鼻孔卻好像塞了兩團溼溼的棉花球，難以呼吸。

她的手慢慢向前摸，終於摸到了一個鞋盒大小的東西。她抓住盒子，朝自己拉過來，準備向後退出車廂外，可是有一隻腳卡在三角空間的邊緣。她開始試著用踢的，卻感覺不到腳鬆脫的感覺。

「伊凡！伊凡！我卡住了。」她抓著盒子的雙手開始發抖，腳踢得更用力，她很擔心自己會把已經受驚的兔子搖死。

「不要再踢了！我會把你拉出來。」伊凡大喊。潔西感覺到伊凡的手使力的抓住了她的腳踝用力扯。不到三秒鐘，她就整個人都離開後車廂了，掛在後座上，手裡抓著厚紙板箱。

「我覺得牠好像死了。」潔西低聲說，她快哭出來了，因為經歷剛剛卡在後車廂裡的緊張感覺，加上她擔心可憐的小兔子的生死——爸爸為什麼要把兔子留在後車廂裡？他怎麼能把牠丟在那裡？

「來，」伊凡說，「我們來看一看。」

伊凡把盒子兩邊的扣環拿開，兩人一起探頭往裡看。

10 舞臺拱框

舞臺拱框
（proscenium arch，名詞）
分隔舞臺和觀眾的拱門；通常舞臺布幕就懸掛在這裡。

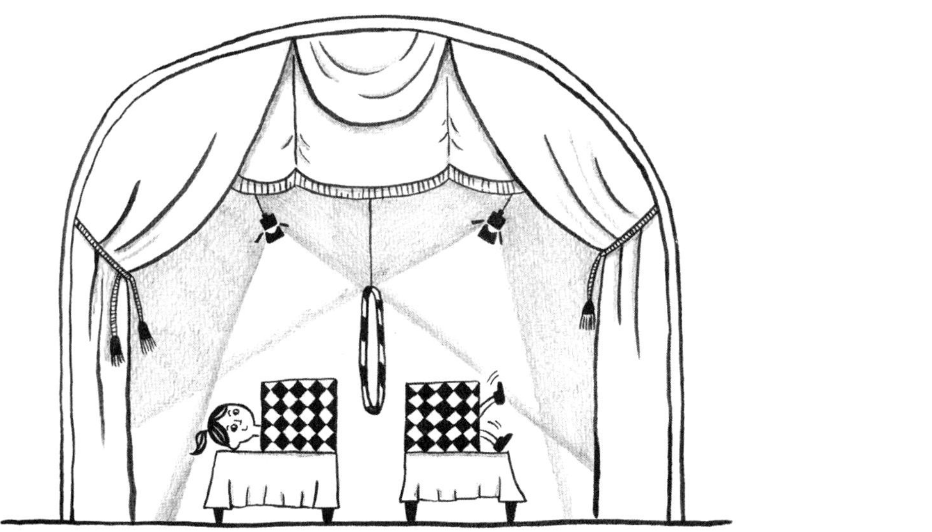

兔子好像沒事——不過伊凡還是忍不住覺得，要不是潔西跟爸爸說了**兔子的事**，這隻可憐的小傢伙可能就會被活活在悶熱的後車廂裡烤死了。

潔西馬上就替兔子取了「霍夫曼教授」這個名字。牠有雪白的毛，還摻了幾束灰毛，又直又短的耳朵內側的顏色像泡泡糖，還有一張很嚴肅的臉，樣子就像個教授。潔西跟伊凡跑到後門廊去告訴爸爸兔子沒事，他看著他們，表情很古怪。

「當然沒事啊，為什麼會有事？你們兩個幹麼一天到晚擔心這個、擔心那個的？你們的媽媽也是！簡直就像你們多想要有壞事發生似的。」

有時候就是會有壞事發生啊，伊凡心裡這樣想著，可是沒有說出來。他不想讓自己表現得像弱雞一樣，他想跟爸爸一樣強悍——爸爸可是上過戰場，看過真正恐怖的事情的人呢。

不過，爸爸並沒有買飼養兔子需要的東西，所以伊凡和潔西只能儘量從家裡「搜刮」東西來餵牠。

他們拿了一個乾淨的大紙箱，裡頭鋪上撕碎的報紙，再把伊凡以前用的麥片碗裝上清水。潔西想裝飾一下箱子，可是伊凡說那樣不安全，霍夫曼教授可能會把裝飾吃下去。

接下來兩天，伊凡跟潔西帶著霍夫曼教授密集練習，要讓變出兔子的魔術變得完美無缺。起初，霍夫曼教授一點也不想進入木箱子裡，牠一直不斷踢著後腿，前爪在半空像是在抓什麼東西，彷彿是要向上游出箱子。

「牠還記得之前自己在後車廂裡……」潔西餵霍夫曼教授吃生菜，想讓牠平靜下來。雖然她仍然不肯抱牠或是摸牠，可是她喜歡餵牠。

「別餵牠了，牠現在是在工作耶。」伊凡說，再次試著讓兔子坐好不動。幾分鐘之後，他們就看到兔子便便了。潔西尖叫著跑出房間，可是伊凡只是拿紙巾來清理，說也奇怪，那之後霍夫曼教授就一點也不介意坐進兔子箱裡了。

星期三，潔西把最新一期的《四年○班廣場》拿給伊凡看，伊凡得承認她做得很棒。

頭版全篇幅報導魔術表演，表演內容有一隻活生生的兔子，而且還有真正的舞臺。爸爸買了木板打造舞臺拱框，而且他也買了好幾碼長的紅色天鵝絨，掛在拱框上當布幕，舞臺已幾近完工。伊凡不由得好奇爸爸哪裡來的那麼多錢。他既然有那麼多錢，為什麼不給他們更多生活費呢？

「我明天就會把報紙發出去。」潔西在伊凡歸還報紙給她時說。

「你確定歐佛頓老師會讓你發這個嗎？」伊凡問。歐佛頓老師之前不准潔西把《四年〇班廣場》情人節特刊發給同學，因為裡頭太多愛情的東西了。「搞不好她不會允許發這個耶，因為我們的表演要收錢。這樣報紙就像是在打廣告。」

「她不會介意的啦。再說裡頭又不是只有魔術表演，我還訪問了法蘭克斯老師，還設計了一個填字遊戲，裡面也有一篇很重要的氣象和暴風雨報告。你看，後面整整一頁耶。你知不知道他們還給暴風雨取名字？叫熱帶暴風雨安娜貝爾。」

「嗯。」伊凡不在乎氣象報告，他只希望會有人來看魔術表演。他快把變兔子的魔術練習得盡善盡美了，要是沒有人來看就太令人洩氣了。說真的，此時此刻他真的滿需要觀眾的。「你要不要看我變魔術？」

「要！」潔西大喊，立刻就跳上了床。

「我也能看嗎？」

四年〇班廣場

魔術表演特刊　　　　一切適合刊載的新聞

酷炫魔術表演即將登場，請拭目以待！

記者潔西·崔斯基

下個星期一的陣亡將士紀念日應該改名為魔術日，因為這一天即將有一場精采的魔術表演。準備讓神奇魔術師伊凡以及特別助理潔西用他們的幻術來迷惑你們吧。表演內容有撲克牌魔術、繩子魔術以及各種戲法。

神奇魔術師伊凡會憑空變出一隻名叫霍夫曼教授的兔子。要怎麼變呢？誰也不知道！

可是有一件事是大家絕對知道的：任誰都不想錯過這一場神祕又奇炫的魔術表演！現在就趕快買票吧！

伊凡轉頭看到爸爸就站在門口，他剛剛已經消失了一個小時，是什麼時候回來的呢？他又站在門口多久了？伊凡覺得非常緊張。爸爸一向擅長悄悄的來去，可是伊凡始終搞不太懂他是怎麼辦到的。「這是我的商業祕密。」他每次都這麼回答。

伊凡吞了一下口水。他覺得可以讓潔西看他表演——可是要表演給爸爸看？萬一他不小心搞砸了呢？萬一霍夫曼教授在應該要「消失」的時候，突然踢開兔子箱呢？

可是爸爸並不等他回答，直接就走進來，坐在床上，頭靠著牆。

伊凡架好道具桌，面向潔西和爸爸，再做一次深呼吸。

「各位女士，各位先生，」他以中氣十足的聲音說，「最後的一個魔術，我會讓一隻活生生的兔子憑空出現在你們的眼前。」他朝放在道具桌上的兔子箱揮一揮手。「你們看，這是一個普通的木箱子，裡面是空的。」伊凡把箱子的蓋子打開，把手伸進去轉了轉，表示箱子是空的。「好，我要把這條絲巾……」伊凡借用媽媽的絲巾，鋪在箱子上，並蓋住了箱子的前方。「請看！」他把絲巾抽掉，箱子裡面就出現了霍夫曼教授，牠的粉紅色的鼻子還抽動著。

潔西熱烈鼓掌，爸爸也讚許的點頭。

「這真是一個很棒的魔術，」他說，「你表演得非常好。」

伊凡知道自己應該要表現得非常平靜，魔術師是不應該失控的，可是他仍然忍不住微笑。他花了整整兩天的時間，學習如何把手放在箱子上，偷偷用小指頭打開暗鎖，再把絲巾抽起來，全部的動作一氣呵成，從觀眾的角度看起來好像他什麼也沒做。他很慶幸爸爸是今天看到他的表演，而不是昨天。因為昨天他的練習還笨手笨腳的，任誰都看得出來魔術是怎麼變出來的。

「可是……」他爸爸往前傾，「我還以為你的最後一個魔術是要把什麼東西變不見呢。」

「你說的沒錯！」伊凡邊說，邊伸手進箱子裡把霍夫曼教授抱出來，餵牠吃一塊紅蘿蔔——只要他能正確變出魔術，他都會餵牠。「可是要把兔子變不見比變出兔子更困難哩。」

「我想也是，所以那才是了不起的魔術，對嗎？」

「牠在便便！」潔西尖叫，手指著霍夫曼教授。

「喔，潔西，拜託，不要大驚小怪的啦。」伊凡說，「牠當然會便便，因為牠是一隻兔子啊。」

「我希望牠不要便便。」

「牠不便便就會死掉，那就糟糕了。」

「死掉的兔子，絕對會毀了魔術表演吧？」雖然爸爸笑著回應，可是伊凡一點都不覺得好笑。「嘿，放下兔子，過來看我載了什麼東西回來。」

伊凡把霍夫曼教授放進牠的大紙箱裡，然後和潔西一起跟著爸爸走到車道上。又大又熱烈的雨水從泥濘似的灰色天空落下來，伊凡想到了歐佛頓老師提醒他們要「時時睜著一雙氣象眼」。

「那是什麼東西？」潔西問。他們三個把一個長形紙箱從車子的後座抬出來。伊凡覺得這個東西的大小很像棺材。箱子上有五、六個不同的標籤，上面有些字伊凡根本不認識。

伊凡指著一個標籤。「這是哪一國的字？」

爸爸把箱子抬上前門臺階，他朝標籤看了一眼，然後轉頭過來。「我猜大概是梵文吧，因為箱子是從印度寄來的。」

「你認識印度人？」

「我認識世界各地的人。」爸爸咕噥了一下，推開前門。

爸爸把箱子拿到廚房以後，掏出口袋裡的瑞士刀，小心翼翼的把箱子割開。每割一刀，就會有一面紙片掉下來。最後他們總算看見裡頭的東西，那是一個長方形的編織籃，差不多有小浴缸那麼大。

「這是什麼啊？」潔西不耐煩的問。

「你知道這是什麼嗎？」爸爸看著伊凡詢問。

「哇！」伊凡說，「我在霍夫曼教授的書裡看過這個東西的圖片！」

爸爸看著他，表情怪怪的。「那隻兔子還會寫書？」

「不是啦！是另一個霍夫曼教授。」伊凡說。

伊凡摸著籃子的頂端，「這個籃子有一個假的底座，把它翻過來……」他扶住了籃子的上方，把它側翻，可是底座仍然在。

「它壞掉了！」潔西指著開口。

「它才沒有壞掉！」伊凡說。「這是祕密。就是這樣才能把人變不見，因為你得把另一邊的鉤子拿掉……」他把手伸到裡面去，沿著籃子的頂層摸索，找到了一個小小的金屬機關，並打開來。接著，有一個機關掉下來，蓋住了消失的底部。

「我不懂……我要去看書。」潔西皺起眉頭，然後跑去拿書。

「你看，」伊凡說，「上面寫著，步驟一：助手躺進籃子裡面。步驟二：魔術師把蓋子關上，觀眾就看不見了。步驟三：把籃子向前傾斜，假的底部機關會掉下來。可是助手其實還是躺在下面，機關的樣子就跟底座一模一樣，它能遮住助手。」

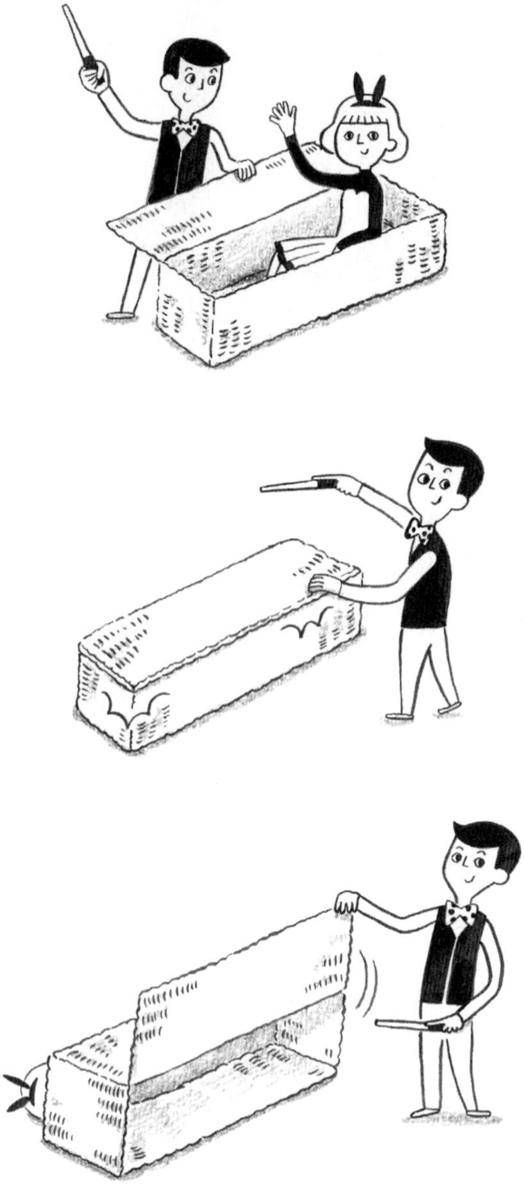

「我還是看不懂。」潔西說。伊凡看得出來，潔西因為搞不懂魔術是怎麼變的開始焦躁了起來。

「等一下，先讓我把它組裝起來，然後就可以表演給你看了。」伊凡跟爸爸把籃子抬上廚房的流理臺，然後請潔西站在廚房的另一邊，讓她可以直接就看到整個編織籃。「先把上面的蓋子掀起來，然後找一個人躺在裡面。」他從水果籃裡抓了一串香蕉，說：「先假裝這個是人好了。」

「那是香蕉耶！」潔西大喊。

「對，是香蕉，可是在魔術表演時，裡面會是一個人。然後先把蓋子關上，再把籃子側翻。」伊凡把籃子翻過來，讓籃子的側面著地。「再把蓋子打開，你看……」籃子裡是空的。「噠啦！香蕉不見了！」

「你是怎麼變的？」潔西質問。

「我說過了啊，底部是假的，人會躲在籃子後方，可是觀眾看不到他。」

「伊凡，你魔術變得滿棒的。」他們的爸爸說。「好啦，我覺得這個才是你的表演最精采的結尾。」

「**把我變不見、把我變不見！**」潔西開始大呼小叫。

「你是從哪裡弄到這個東西的？」伊凡問。他不敢相信爸爸會找到這樣的東西，而且還不怕麻煩的運送過來。

「我只是打了幾通電話。」爸爸說，「我知道該找什麼道具。我在孟買看過十幾遍這個魔術，所以我就打電話給一、兩個朋友，嗯……其實是……六個。」他搔了搔自己下巴。

「你一直在打電話，就是在找他們嗎？一直打電話就是為了這個？」

「部分原因是。你覺得如何呢？」

伊凡臉上的笑容好大好大，好像臉隨時會裂成兩半。「你最棒了！」伊凡衝向爸爸，伸開雙臂摟住他。

爸爸緊緊擁抱他，吻了他的頭。「我們把籃子拿到門廊那裡，你跟潔西就可以開始練習了。你們只有……四天的時間了，對嗎？」

他們父子兩人合力把籃子搬到後門廊上，擺在舞臺拱框的底下。伊凡不敢相信自己的眼睛，所有的東西都好真實喔，就跟職業魔術師的舞臺一模一樣。

爸爸站在草地上，也就是觀眾會坐的地方，仔細的看著舞臺。「只剩下一個問題。」他慢吞吞的說。「我之前看表演的時候，那個助手會真的消失，因為舞臺地板上有個活門機關，所以當你把籃子再翻正時，那個助手會溜走，然後出現在觀眾的後面，那樣的表演效果會很棒。」他若有所思的點點頭，「嗯，我覺得你應該要表演這個才對。」

「做一個活門機關？」伊凡問。

「可是……」潔西說，「我們就得在門廊上挖出一個洞耶。」

爸爸點點頭，他說：「我覺得我們就是應該這樣做，才能讓表演更精采。」

「媽會殺了我們的！」伊凡說。

「會嗎？反正整個門廊都要更換了。你看！」他走向門廊的邊緣，開始拉一根已經腐朽的地板。「說真的，你媽媽還沒有被拖進法院，實在是奇蹟。」

「不要拉了啦！」潔西的眼睛瞪得很大，看著爸爸扯開門廊的木條，她緊張兮兮的跳來跳去，從一隻腳換到另一隻腳。

「我要打電話，找木匠來把整個門廊都換掉。這樣的話，我們可以在媽媽回家前就把整修的時間都排好。那就像我們送她一個禮物一樣！一定會是個很棒的驚喜。她一定會開心死了。」爸爸說完，像貓一樣優雅的跳上了門廊，然後走進廚房，留下伊凡和潔西在原地默默的瞪著彼此。

「伊凡？」潔西的聲音很害怕。

「怎樣？別看著我啊！他才是那個『大人』耶。」伊凡打從心底知道媽媽不會喜歡的，可是一個活門機關耶！那樣應該很酷吧？「而且，最後我們會有一個新的門廊。」

「我不想要新的門廊！」伊凡知道潔西不喜歡任何改變，她喜歡每樣事物都保持原狀。

「反正我們一定得換成新的門廊，所以你必須習慣這個改變。潔西，就跟媽媽常說的一樣，『要能調整適應』。」

爸爸又推開了廚房通後門廊的滑動門，探出頭來。他的耳朵上貼著手機，笑得露出了牙齒。「嘿，記得等你們的媽媽明天打電話回來時，千萬不要跟她說新門廊的事。我想給她一個驚喜，ＯＫ？」伊凡和潔西還沒有回答，他的注意力就又轉到電話上了。「對，我要估價……」他又消失在房子裡，還隨手關上了門。

「我們要怎麼辦，伊凡？」潔西問。

伊凡看著魔術道具說：「練習，多多練習。」

11 鬧場

鬧場
（heckling，動詞）
觀眾表達不滿或是說話打斷表演。

星期四中午時，已經有三十六個同學跟潔西說會來看魔術表演。那天早上，潔西才把《四年〇班廣場》發給同學，馬上就有人來詢問買票的事，有的甚至是五年級的呢！**門票應該賣貴一點**，潔西心想。對於可以賺錢，潔西覺得很興奮——已經有三十六元進帳了耶——可是她也開始有那種呼吸困難、心臟蹦蹦跳的感覺，有時候就像一列貨運火車飛馳而過那樣。

他們的消失魔術連一次都還沒練習過。前一天下午他們忙著在門廊上割洞——那可是大工程，他們必須避開木板下方的厚木板，因為整個門廊就是靠厚木板支撐的，如果他們不小心割到了厚木板，門廊可能因此崩塌。

「那就沒戲唱了！」他們的爸爸開玩笑說，可是潔西一點都笑不出來。

他們一開始選定一個地方割，可是後來又決定要在另一個地方設活門機關；天黑時他們不得不停手，可是卻連一個洞也沒割好。

雖然爸爸答應會趁他們上學的時候割好洞，但是潔西放學回家時，洞依舊還沒有完成。最後竟然是伊凡拿著舊弓鋸在割地板，他的頭髮全一束束的黏在額頭上，而且他的雙手也因為用力握著鋸子而紅通通的。

「還沒割好啊？」潔西問。

「不然呢！」伊凡凶巴巴的說。「你以為很簡單喔，那你來割啊。」

「我不能使用鋸子。」潔西說，「你也一樣。爸呢？」

「在那裡。」伊凡朝屋子揮手。「他又在講電話了。」

「搞不好他是在幫你弄另一個道具籃子，或是另一隻兔子。」潔西說。她不喜歡伊凡生氣。

「才不是，他是在談工作，**非常重要的工作**。」伊凡說這種話是什麼意思？媽媽曾跟她解釋過，可是她不確定究竟是什麼意思——就是那種說一句話，可是卻是另一種意思的情形，完全讓人搞不清楚狀況。她真希望媽媽能在這裡解釋給她聽。

「記得喔，今天是我先跟媽媽講電話！」

「她不會打電話來了。她傳簡訊給爸說她還在開會，沒辦法離開。她明天會打回來。」

「可是我今天想跟她講話啊！我想跟她說報紙的事，還有，已經有多少同學要來看表演了……」潔西知道自己在鬧彆扭，也知道該停止，因為沒有人喜歡鬧彆扭的人，媽媽跟伊凡跟她解釋過不曉得多少次了，可是潔西始終不是很了解。

到底為什麼鬧彆扭比正常說話糟？

伊凡停下手邊的工作，反而望著屋子後面的樹林。「我也是。」他用溫柔的聲音說。他用鋸子拍了拍木地板，然後把鋸子扔在門廊上，說：「來吧，我們進去吃點心。爸買了冰淇淋，有三種口味喲！」

潔西還在決定是要選巧克力碎片或是薄荷口味時，爸爸拿著手機晃進了廚房。他倚著滑動門的側邊，瞪著後院。「你是說有活動？你確定嗎？」接著是一陣漫長的沉默，電話另一頭的人在說話。潔西能聽見喃喃的說話聲，可是她聽不出是說了什麼內容。最後，她決定要兩種口味的冰淇淋都各挖一球。媽媽不在家，不能禁止她吃，而爸爸還在打電話。「你找不到肯回答的人？一個也沒有？」線路另一端的人仍嗡嗡嗡的說著，接著爸爸說：「好，我會想個辦法。」然後他就掛斷了電話，把手機塞進褲子口袋裡。

有好一陣子，誰也不說話。潔西想說話，可是她突然察覺到某種危險——她的心裡有個聲音叫她不要出聲，雖然她想不通是為什麼。

「外面發生什麼事了？」爸爸問，手指著門廊上割了一半的洞。

伊凡聳肩。「沒怎樣。」

「這種做事的態度將來可沒辦法有什麼大出息喲。」爸爸說。他走到外面，不到一分鐘，潔西就聽見了鋸子鋸穿腐朽木頭的聲音。

「伊凡，你怎麼不去幫忙？」潔西說，注意到伊凡的冰淇淋碗已經空了。

「他不需要我，而且那裡只有一把鋸子。」伊凡說。雖然他這麼說，過了一會兒，他還是到外面去了。潔西吃完冰淇淋也走到門廊上，發現洞已經割好了。

「現在我們只需要把洞蓋住，不讓別人看到。」爸爸說，「去把你媽辦公室裡的小地毯拿來，那個大小剛剛好。」

伊凡和潔西互看了一眼。崔斯基家有許許多多的規定，但是第一條規定就是：不准拿走媽媽辦公室裡的東西。

「唉唷，」爸爸說，「那又不是什麼昂貴的波斯地毯，那是我十年前在大賣場買的。去拿來！」

潔西跟哥哥把小地毯抬下來，她問伊凡：「我們現在可以開始練習了嗎？」她想確定自己能把消失的魔術表演得十全十美，她絕對不要在三十六個同學的面前搞砸。而且裡面還有五年級的人耶！

「可以了！」伊凡說，「其實這個表演很簡單。我的意思是說，你只需要在籃子裡躺好，然後在我說咒語的時候就從洞口跳下去，就是這樣而已。」

他們在洞口上鋪好地毯以後，伊凡就叫潔西站在籃子的一側。爸爸從門廊跳下去，站在觀眾席。

「各位女士、各位先生！」伊凡用他的舞臺聲音說。「今天我要表演的最後一項魔術是神奇的消失魔術！」

「是喔！」爸爸的回答讓人覺得很討厭。「你連讓冰塊在微波爐裡消失都辦不到吧！」

「爸，你在說什麼？」伊凡說，一臉迷惑，瞪著爸爸。

「我是在鬧場啊。」爸爸說，「你需要有心理準備，觀眾裡可能會有粗魯的人，他們會在你表演的時候亂喊亂叫。」

「他們是我的朋友，他們才不會那麼過分呢！」伊凡說。

「說不定啊。這是很重要的事。要是你想當最優秀的人，你就必須知道在任何情況下如何控制自己。在軍隊裡，他們會用各種想得到的情況來進行模擬演習，讓部隊在戰鬥中能夠應付各種狀況。」他用雙手圍在口邊，大聲喊：「你說那隻是兔子嗎？我看過的馬鈴薯都還比牠有活力呢！」

「爸！不要鬧了！」伊凡說。

爸爸搖頭，「你們兩個得**強悍**一點，你們住在郊區裡，實在是太嬌生慣養了。拜託，你們姓崔斯基耶，你們得學會怎麼處理棘手的問題。」

潔西完全不懂爸爸為什麼要跟伊凡說這麼可惡的話。怎麼會有人這樣？怎麼會有人故意使壞？她覺得一點道理也沒有，可是她知道她不想讓爸爸繼續下去。

「待人和氣，做好自己的事！」她大聲吼叫。這句話是他們班的座右銘，歐佛頓老師把座右銘掛在門楣上，讓他們時時刻刻記住。潔西覺得這句話是相當好的建議。「我們現在就來做好**我們的事**！」潔西不確定此時此刻**她自己**是不是和氣，因為她在大吼大叫，可是有時候就是要大嗓門才有效。

「嘿，就是要這樣！」爸爸說，「凶悍！好極了，潔西，你可以進軍隊了！」

潔西微笑，又跳上跳下的，還不停揮手，她覺得爸爸的話就和得到觀眾的掌聲一樣棒。

伊凡踢了踢籃子，「我們現在可以練習了嗎？」他對妹妹皺眉頭。「各位女士，各位先生，接下來是我最後的一個魔術，我要表演的是神奇的消失魔術。看！這是個四面都很堅固的籃子。」伊凡敲了敲每一個邊，表示籃子很結實。

「現在，我要掀開蓋子，請我的助手進去。」他揮手，要潔西走進籃子裡，就好像是坐進浴缸裡一樣。潔西不怎麼喜歡洗澡，可是她並不會害怕洗澡。

「好，現在我的助手會躺下來。」

潔西立刻在裡面躺平。

「現在我要蓋上蓋子了。」

蓋子落了下來，阻擋了天空、樹木、光線。突然之間，潔西覺得她的胸口好像被一隻手壓住，把她肺裡的空氣擠了出來。她用兩腳踢蓋子，蓋子砰的一聲打開了。

「潔西！你在幹麼啦？你不能這樣！你要乖乖躺著。」

「裡面太黑了啦！」潔西吱吱叫，像是裝了彈簧的木偶一樣跳了起來。她想要儘快離開籃子。

「等等，等等！」伊凡說。「裡面不會黑，這是個籃子。看，有很多光可以透進去，裡面很亮，你搞不好都可以在裡面看書了呢！」

「裡面太黑了！而且裡面太小了，完全沒有空氣！」

「這是個籃子！有幾百噸的空氣啦。」伊凡一臉氣餒的樣子。「你為什麼這麼奇怪？」

「我才沒有！是因為那裡不安全。」

「有什麼問題嗎？」他們的爸爸從觀眾席那裡問。

「沒有！」伊凡大喊回去。他轉頭看潔西。「那就先躺下去就好，我不會關上蓋子，你就躺下去，先習慣一下。」

儘管潔西在這個世界上最信任的人就是伊凡，她緩緩往籃子裡躺時，仍然可以感覺到心臟用力撞著她的胸口。她緊抓著兩側，彷彿是坐在一艘非常搖晃的獨木舟裡。她一躺平，胃就開始上下翻滾。

伊凡在籃子旁邊蹲下來，頭剛好露在邊緣上。「還好嗎？」他用平靜的聲音問。「還不壞吧？」

潔西點點頭，動作非常輕，就怕動作太大會吐出來一樣。

「那你覺得現在能不能把手放開了呢？」他問，幾乎像是在說悄悄話。「把你的手放到籃子裡？」

潔西努力的「用大腦」指揮手指頭慢慢放鬆，垂到身體兩側。**我很安全，我很安全，我很安全**，她不停跟自己這麼說。

「你做得很棒，潔西。」伊凡說。「好，我現在要把蓋子關上了，可以嗎？可是我會把籃子向前傾，讓你練習溜出來，就跟我們真正在表演的時候一樣。準備好了嗎？」

潔西又點頭。不蓋蓋子時，她比較不會驚慌，因為她可以看見天空——尤其是可以看見伊凡的臉。她知道只要伊凡直視著她，就不會發生什麼壞事。可是，她依然感覺到太陽穴上冒出了汗珠，滴進了頭髮裡。她氣憤的告訴自己的汗腺：

不要再流汗了！你沒有理由害怕！

伊凡把籃子向前傾，籃子很像是倒塌了，而她呢？她躺在門廊上，四周什麼都沒有！自由了！她離開了籃子，自由了！她覺得自己彷彿是逃過了被活埋的大災難。

「我做到了！」她大喊。「我會變魔術了！」她手忙腳亂爬起來，覺得好像忽然自己又可以呼吸了。

「你不可以站起來，小潔！你應該要從洞口鑽過去，躲在門廊下面！」伊凡說，「我們再重來一遍。這一次我要把蓋子關上，可以嗎？」

「一定要蓋蓋子嗎？」潔西問，皺著眉頭。

「如果這個魔術要成功，就不能讓觀眾看到你啊。」

潔西知道哥哥說得對，如果她要當魔術師的助手，就必須被關在籃子裡，這是她的工作。可是一想到被關在籃子裡的感覺，而且那個籃子真的就跟棺材一模一樣！這讓連她身體的每一處的肌肉都想要**逃跑**，就跟他們捕捉到的那隻田鼠拚命要逃出捕兔陷阱一樣。

潔西不想讓伊凡失望，他全都靠她了，而且她真的很想讓觀眾為她鼓掌。她在學校裡有許多地方都表現得很傑出，她的數學練習卷都是一百分，她是全年級閱讀速度最快的人，而且她的桌子也一直是全班最整齊的。可是誰也不會為這種事鼓掌。伊凡打籃球的時候就有很多人為他鼓掌歡呼，他的房間裡甚至還有獎杯可以展示。如果讓大家為她喝彩會是什麼感覺呢？

不過最主要的原因是，潔西想要讓爸爸看見她做出一件了不起的事，在所有的觀眾眼前消失！然後爸爸會是所有的觀眾裡鼓掌鼓得最大聲、也最久的人。

潔西跨進籃子裡，心臟立刻就開始狂跳，肺也像絞成一團，沒辦法好好吸氣一樣。**沒關係，這只是一個籃子，隨時都可以出來**。她往下蹲，兩條腿開始發抖。**這只是一個籃子，一推就開了。沒關係**。她把兩隻手放在身體兩邊，看著蓋子慢慢關上。**伊凡在這裡。他不會讓你發生什麼壞事的。沒關係。你很安全。你很安全。你很安全。**

籃子輕輕的吱呀一聲，關上了，潔西能聽到伊凡把木釘插進了皮插銷裡。這下子她被鎖在裡面了，她心中一陣驚恐，全身發抖得像暴風中的葉子。**我被鎖在裡面了，出不去了。沒有出路，沒有空氣。太黑了，不能呼吸。我不能呼吸了！**

緊接著，她發出了不知道是什麼在掙扎、抓東西、連潔西自己都從來沒聽過的聲音。籃子的每個地方都砰砰響，打中她的胳臂和腿，而伊凡扯開喉嚨大叫，可是她聽不清

楚他在說什麼，因為每樣東西都變得模糊又遙遠，聽起來好像就在她自己的腦袋裡只剩下那隻野貓的恐怖尖叫。

然後籃子被掀開來了，假底部機關露了出來，她就躺在門廊上，瞪著遼闊的藍天，天空看起來好像根本就沒發生過什麼事似的。她翻個身，四肢著地，用力一撐，爬了起來。

「天啊，潔西！」伊凡說。他不知為什麼坐在門廊上，好像是被打倒了。潔西站著喘氣，想要讓呼吸正常。爸爸也密切的盯著她，表情很奇怪。潔西看不出他是在生氣、難過還是擔心——或是三者都有。

「你還好嗎？」爸爸問她，他的表情有點奇怪。如果是媽媽在這裡，她一定不會是這種表情。

潔西看看伊凡，又看看爸爸，明白他們知道了什麼她不知道的事。她最討厭這種感覺了，但是還比不上被鎖在籃子裡的感覺。沒有比那個更恐怖的事了。

「我要打電話給媽媽。」她說。

伊凡慢慢站起來，開始把籃子恢復成原狀。「她今天沒辦法打電話，你忘了嗎？」

「我不管，我要跟她講話，」潔西說。她的喉嚨後面覺得癢癢的，快要哭出來了。潔西最討厭哭了，髒兮兮、溼答答的，還會害她鼻塞。而且，**她不想在爸爸的面前哭**。

「嘿，潔西，」爸爸說，「傳簡訊給她好不好？你可以用我的電話。」他看著她的樣子仍然怪怪的，而且他的聲音也怪怪的，好像是在跟一個他根本不認識的人說話。

她爸爸按了按手機，然後把手機拿給她。「可以了，」他說，「把你想說的話打進去。」

潔西轉過去背對著伊凡跟爸爸。她很會打字，所以不到三秒鐘就打好了她想跟媽媽說的話——「**快回來。**」

12 壓軸

壓軸
（grand finale，名詞）
表演的最後一段，通常是整場表演最精采的部分。

週五下午時，伊凡和潔西為了魔術表演練習超過一個小時，兩個人已經又熱又累。

「休息一下。」伊凡對潔西說。

戶外的溫度計已經上升到三十三度，空氣又黏又重，感覺像是三十七、八度一樣。更糟的是，偶爾還吹來狂風，掀翻道具桌，把撲克牌吹得滿天飛，然後風又突然停止，變得更悶熱了。伊凡知道潔西只有兩隻手而已，而且她已經儘可能把東西都排放得很整齊了。

隨著他們的練習時間變長，霍夫曼教授也變得怪怪的，牠一直沿著大紙箱的邊緣跳，踢翻了兩次水盆。每次伊凡把牠抱起來時，牠都會發抖。

「是氣壓的關係啦，」潔西說，「我們今天在學校測量了氣壓，因為暴風雨快來了，所以氣壓也往下降。」

「兔子又不是氣象站！」伊凡不悅的說。他會這麼喪氣是因為他還沒有機會練習壓軸好戲。

「可是動物能感覺得出來，牠們可以察覺氣壓改變，而且牠們還能聽到人類聽不到的聲音──**霍夫曼教授知道安娜貝爾要來了**。」

「哼，既然牠那麼聰明，那牠知不知道爸爸的電話是要講到什麼時候？」

「不行啊，」潔西若有所思的說，「牠應該不知道答案。」

「小潔，我又不是在問你！」

「那你幹麼要問？」潔西說。她正按照伊凡教的方式排列撲克牌，這是第一個撲克牌魔術要用到的道具，不過撲克牌老是被風吹走。

「我們應該到裡面去練習。」潔西說。

「嘿，不能到裡面去練習壓軸表演啊，我需要地板上的那個洞耶。」伊凡說。

「那就先到裡面去練習別的表演，等爸爸講完電話，我們再出來練最後的壓軸表演嘛。」

「可是他已經講了三個小時的電話了！他是絕對不可能會掛斷電話的。」伊凡需要爸爸的幫忙，因為在潔西昨天的恐慌症發作之後，爸爸自告奮勇說要躺進道具籃子裡，協助做最後的表演。一開始伊凡覺得行不通，因為爸爸比潔西還高，伊凡覺得他沒辦法躺進籃子裡。後來他們發現，只要爸爸把腿蜷成特定的角度，就可以勉強縮在裡面，不會讓蓋子關不上。

伊凡好開心也很感激——爸爸願意代替潔西，魔術表演就不會完蛋！他仍然能表演神奇的消失術。

可是昨天下午排練過一次之後，爸爸就忙得沒空再一起彩排了。爸爸昨天說：「伊凡，我已經會了，這又沒有多複雜。你要的話，我們明天再練習吧。」

當明天變成「今天」時，爸爸反而更忙了。好像是世界的某個地方正發生什麼重要的事，完全吸走了爸爸的注意力。

伊凡打量著他們掛在舞臺拱框上的長長的紅色天鵝絨布簾，每隔一會兒，布幕就會被風吹得劇烈拍動，然後就又軟軟的垂著，他告訴潔西：「來吧，我們把這些東西都拿進去。搞不好我們也應該先把布幕拿下來。」

「不用啦，」潔西說。「暴風雨還沒有要來，它大概還在西邊兩百里外。」她的聲音聽起來有點失望似的，因為潔西喜歡什麼東西都搶先看到。

伊凡看著布幕，沒有人幫忙的話，想要拿下來會很困難。雖然伊凡是全四年級第二高的男生，不過沒有梯子的話，他仍然沒辦法把布幕拿下來。該不該請爸爸來幫忙呢？伊凡知道，想請爸爸幫忙還不知道要等到什麼時候呢。

雖然媽媽並沒有比伊凡高多少，可是如果媽媽在的話，他們母子倆合作無間，他可以扶著梯子，讓媽媽爬上去；或是他爬上去，媽媽扶梯子。以前只要有什麼困難的事，他們就會想出一起完成的方法，像是裝冷氣機，搬冰箱，把枯死的紫丁香挖起來等等。

突然間，伊凡聽見紗門滑開的聲音，一抬頭就看到爸爸站在門口，他的手機還貼著耳朵，手上拿著一個牛皮紙檔案夾。他拿著檔案夾對伊凡和潔西揮舞著，「晚餐叫外送，你們來選餐廳。」

「我不要又吃外送的食物啦！」潔西說。「我要吃真正的食物。」

「抱歉了，愛哭鬼。我沒時間做飯。」

「你真的會煮飯嗎？」潔西反問。伊凡知道她並不是在頂撞爸爸，而是因為她從來沒見過爸爸煮飯。伊凡年紀比潔西大，他記得以前星期日媽媽晚起時，是爸爸照顧他們，他會做特大號的鬆餅早餐。雖然次數不多，伊凡卻一直記得。

「我可是個了不起的廚師呢。」爸爸邊說，邊揮舞著檔案夾，「可是，今晚不行。」他的注意力又回到手機上，「對，我還在等……不，不是這個原因……」說著說著，他把檔案夾放在門廊上後就進屋去了。

晚餐過後，又油又厚重的披薩像鉛球一樣，全都壓在伊凡的胃裡。他今天吃了四片，比平常還多兩片。但不是因為很餓，而是因為嘴饞。

「我覺得快吐了。」伊凡說。

「誰叫你像豬一樣拚命吃。」潔西說。今天輪到她洗碗，幸運的是，今天只有兩個盤子和兩隻杯子要洗。爸爸抓了一片披薩跟一張餐巾紙，就進去媽媽的辦公室裡了，雖然崔斯基家的第二條規定就是：絕對不可以在媽媽的辦公室裡吃東西。

「其實豬才不會暴飲暴食呢！」潔西說，「牠們吃飽了就不會再吃了。而且豬一分鐘可以跑一英里。豬不會流汗，所以牠們才會在爛泥巴裡滾動，想要保持涼爽。」

換作平常，伊凡會跟潔西爭辯一分鐘跑一英里的事——豬才不可能那麼快呢！——可是今天他忙著想：媽媽明天就回來了。她會回來吃午餐！終於不必再吃油膩膩的披薩了。

他決定要上樓去問爸爸能不能帶他們兩個一起去機場。媽媽辦公室的門打開了一條縫，所以伊凡直接推開門，走進去。

爸爸坐在媽媽的桌子後面，背對著門，正在打電腦。伊凡眼睛越過爸爸的肩膀看過去，他看到螢幕上有一架大噴射機。爸爸正在填寫一張表格，他聽見伊凡的腳步聲，接著他舉起一隻手，彷彿在說：「**等一下**。」他最後按了滑鼠一下，然後才轉過來。

「我要改變計劃，」他說：「你知道有個暴風雨要來了嗎？」

「知道啊，爸，我們這個星期學校都在教這個，潔西還把她寫的文章拿給你看過。」

「對了！寫得真不錯。好，那你知道，潔西也知道，很好。所以呢，明天你們的媽媽一回來，我就得出發了。如果我能在機場關閉之前搭上飛機，就算走運了。亞特蘭大機場已經關閉了，明天清晨他們也會關閉甘迺迪機場，也就是說我可能需要往西走才能向東部飛……」爸爸又回頭去看電腦螢幕，開始捲動長長的班機時間表。「要是我能搭早班飛機到倫敦……在暴風雨來襲之前離開，那……我可以在杜拜轉機，再從那裡……咳，這個等一下再說，還有很多路線……」他瞪著螢幕，聲音越來越小。伊凡覺得爸爸忘記了他還在房間裡。他們父子間的沉默像大峽谷一樣深。

「那，你要錯過我的魔術表演了？」伊凡終於說。

又是一陣沉默。伊凡聽見屋頂上有雨點打落下來的聲音，他想著掛在舞臺上的紅布簾會淋溼——他希望布簾可別完蛋才行。

伊凡的爸爸轉過來看著他。「我真的很抱歉，真的，相信我。我非常期待魔術表演。可是，嘿，你不是一定要我才能表演消失術啊，你可以用兔子嘛，或是，找你的朋友怎麼樣？我敢說他們一定非常樂意參與你的表演。」

「可是你之前說要幫我。」爸爸答應過他的。伊凡東張西望，這裡是媽媽的辦公室，感覺起來每樣東西都是她的一部分。書架上的書，那疊報紙，書桌，椅子，甚至是嵌在屋簷下的小閣樓窗都像是她的窗子。無論他進來這個房間多少次，都會看到媽媽坐在書桌後工作——而那是一個「可以依賴」、「靠得住」的形象。

「對不起嘛，突然發生了一件事，一件很重大的事。我不能告訴你是什麼，可是有許許多多的人有生命危險，而我……咳，我必須要去。相信我，我沒有選擇的餘地。」

「全世界又不是只有你一個記者。」伊凡用腳踢了媽媽的檔案櫃，發出了悶悶的砰砰聲，不時打斷沉默。

爸爸向前傾，彷彿要透露什麼祕密。「沒錯，可是我是最厲害的。」他對伊凡露出他的招牌笑容，但是伊凡沒有回以微笑。

伊凡記得爸爸離開的那一天。那時伊凡才七歲，快滿八歲了，而潔西六歲半。那是在五月時，跟現在一樣——只是那天很冷。伊凡會記得是因為，在他明白是怎麼回事之後，他跑了出去，躲在那棵「可以爬的樹」的樹枝上，後來又後悔自己沒穿運動衫，因為風吹著他的皮膚，很冰冷。

爸爸到後院來找他，可是伊凡不出聲。他躲得很高，得站在樹底下才能看見他。伊凡把腿縮起來，雙手抱住樹幹，希望能變成隱形人。

爸爸一直在找他，最後終於在樹上看見他。所以爸爸也爬到樹上，他又重又慢，不知道應該要踩哪些樹枝。不像伊凡，他就算閉著眼睛也能爬到樹上；可是爸爸笨手笨腳的，好不容易才坐到伊凡下面的那根樹枝上。

然後他開口說話，長篇大論的，說他覺得有多難過，說他不得不離開。

他說：「你年紀太小了，現在還不懂。等你再大一點，就會懂了，我保證。

我們每一個人生下來都有一個用處、一個理由，我們每個人都有自己的道路，而你必須要遵循你的道路。否則的話，你的人生就浪費了。」

伊凡聽不懂這些話是什麼意思，也不懂爸爸為什麼非走不可。

「我非常愛你、潔西跟你們的媽媽，可是這個……」他朝屋子的方向微微抬起下巴，「這不是我想過的人生，這不是我的道路。這是你們的媽媽想要的生活，但這就是不適合我。」

「可是你不能去了再回來嗎？」伊凡問。「然後我們還是一家人？」

「嘿，」爸爸說，「我們永遠是一家人。我只是不住在這裡了。」

「為什麼？」伊凡問。他想不通。這裡是家，為什麼會不想住在家裡？

「聽著，」他爸說，「這種事情很複雜，是大人的事。等你大一點你就懂了，好嗎？」

突然間，千錯萬錯都是伊凡的錯。誰叫他的年紀不夠大，誰叫他不是大人，誰叫他不懂爸爸需要他懂的事情。都是他的錯，而他還是不了解為什麼。

「我得走了。」爸爸說。「你媽……嗯，她現在滿難過的。你要幫她熬過去，好嗎？我知道你會的，你可是崔斯基的成員耶，崔斯基家都是硬漢，對不對？」

說完，他就爬下樹離開了。伊凡聽見計程車駛到車道上，後車廂的門打開，然後是乘客座的門開了又關。計程車開出去的時候輾到碎石子，然後汽車引擎聲慢慢變小，最後留下一片寂靜。

伊凡在「可以爬的樹」上坐了兩個小時，冷風鑽進他的骨頭，等到他往下爬的時候還覺得冰冷的指頭會抓不住樹枝，但最後他還是爬了下來，走進屋子，事情也已成了定局。

現在，在這間小小的頂樓辦公室裡，氣溫正好相反。房間像個小烤爐一樣，密閉又熾熱。伊凡覺得每吸一口氣都好像是在抽光狹窄空間裡的氧氣，但是他並沒有麻木的感覺，反而被爸爸的話刺痛，又癢又燙的感覺。

「好了，不開玩笑了。」爸爸說，「我真的需要離開。我做的是很重要的事，伊凡。你是知道的。記不記得我教過你的事？約翰．史都華．穆勒說的？他說媒體是阻止貪腐專制的政府的最後一個安全閥？這話一點也沒錯。少了像我這樣的記者，每個國家的政府就會做可怕的事情，誰也不知道該怎麼阻止他們。嘿，我是在保護這個世界耶。伊凡，我是為了你，為了潔西，還有你們的媽媽，真的。」

漫長的沉默，伊凡覺得爸爸好像在等他說什麼，爸爸好像**想要**從他這裡得到什麼回應。

「那我們大概應該要謝謝你，」伊凡慢吞吞的說，「**謝謝你離開我們，謝謝你從來不在壞事發生的時候陪在我們身邊。爸，謝謝！你是世界偉人！**」

「不要耍嘴皮子，伊凡。」他爸爸搖頭，感覺很失望。「這樣並不會讓你顯得很聰明。」

「哼，我本來就不是家裡面最聰明的人，不是嗎？」伊凡覺得心裡的話像海浪一樣湧出來，想收也收不回來了。「我敢打賭，你一定很好奇怎麼會生出我這麼笨的孩子。」

「伊凡，你是一個很棒——」

「我敢打賭你根本沒有跟別人說你有小孩，那些在印度和阿富汗、伊拉克的人！你可能根本沒有跟別人說你有家人，沒關係，因為你**真的沒有**！」

「伊凡，有很多家庭也像我們一樣，家人不住在一起。」

「才怪！沒有人跟我們一樣。別人的爸爸都住在附近，一天到晚來看他們的孩子。可是你一走就是好幾個月，有時候我們根本不知道你在哪裡。」

「我的工作不一樣，我不能一天到晚到處廣播我在哪裡。有時候我跟軍人在一起躲藏著，我不能為了發慶祝生日的簡訊給你而危害到他們。別這樣，伊凡，你的年紀夠大了，可以了解這些事了！有些事情就是比爸爸的一通電話重要得多。」

伊凡站著比爸爸坐著還高，他雙手抱胸，嚴厲的低頭看。「家庭第一，媽都是這樣說的。」突然間，伊凡好希望爸爸現在就走，他們不需要他！他們沒有他也過得很好，比「很好」還要更好！

伊凡二話不說，離開了媽媽的辦公室。沒有什麼可說的了。他回到自己的房間，掛上了上鎖門牌，關上了門，整個晚上都沒有再出來。

13 順口溜

順口溜

（patter，名詞）

一種重複、有催眠力量的聲音；魔術師在表演時會說話說個不停，哄騙觀眾，不讓他們注意到舞臺上的任何動靜。

潔西一醒來就發現外面已經下雨了，屋頂上有輕輕的噠噠聲，她隨即想到霍夫曼教授。潔西覺得霍夫曼教授好像是一隻緊張兮兮的兔子。她很好奇兔子在地下室裡能不能聽見雨聲，夜裡會不會被雨聲弄得很緊張。第二個在腦海裡冒出來的念頭是：今天媽媽要回家來了。終於！她快等不及了。

她溜下床，直接穿上拖鞋。即使是在屋子裡，她也不喜歡光著腳走路，然後快手快腳把床鋪整理好。

房間的窗子打開了一小縫，雨打了進來，噴溼地板。她用力把窗子關上，然後就下樓去了。

霍夫曼教授在地下室的大箱子裡緊張的繞圈圈。潔西蹲下來，把頭靠著箱子邊緣，希望兔子不會因為發現有顆龐大的人頭在看牠而變得更驚嚇。

「不要擔心啦。」她正正經經的說話。

可是霍夫曼教授仍然在繞圈圈。這也是潔西不喜歡動物的原因，你沒辦法跟牠們解釋，牠們就是不懂，尤其是兔子。不過，她喜歡霍夫曼教授，牠是個好員工，能一起練習魔術，也學會了乖乖坐好。每次潔西把牠放進兔子箱裡，牠都不會踢她。

潔西檢查了兔子的食物，幫牠加了清水後，然後她就上樓到廚房去洗手，弄早餐吃。

廚房流理臺上有個信封，封面上寫著「給伊凡和潔西」。潔西的眉頭皺了起來，信上是爸爸的筆跡，全部是大寫字母，而且有點不整齊。他幹麼要留字條給他們？有可能是因為他想要睡個懶覺，寫信告訴他們，等到該去機場接媽媽時再叫醒他嗎？

潔西趕緊洗手，再把信封拿起來，匆匆上樓，伊凡還在睡覺。她在哥哥的門外遲疑了一下。伊凡會在週末晚起床。以前他和潔西小時候，無論上不上學，每天都早早起床。

門上的「上鎖牌」彷彿直勾勾的瞪著她，看她敢不敢敲門，並面對後果。但是這封信似乎很重要，所以她還是敲了門。

「走開啦！」

「可是很重要耶！」

「你每次都這樣說！」

潔西頓了一下，回想前六次她敲伊凡的門的情況。「可是**真的**很重要啊！」

她沒有好理由是不會亂敲門的。

「喔。進來啦。」

潔西趕緊進去，跳上了伊凡的床，爬過他伸長的腿，背靠著牆壁坐。無論在哪裡，她都喜歡坐在能看見一切的位置。她不廢話，直接把信封交給伊凡。

伊凡一看到筆跡，立刻就坐了起來，拆開信封。他抽出裡頭一張媽媽的漂亮信紙，那是她寫正式信函和感謝信用的。潔西擠在伊凡旁邊，兩個一起讀。

潔西讀了兩遍，然後又讀一遍，只是想確定沒有遺漏什麼。可是真的沒有什麼好遺漏的。

「他走了。」潔西說。

「是啊，」伊凡說，把紙捏皺成一團，丟進垃圾桶，「每次都一樣。」

嗨，小鬼頭！

暴風雨來了，我不得不提早走。媽很快就會回來。祝你們的表演大轟動。

愛你們的老爸

潔西把腿收攏起來，頂住下巴，思考了一會兒。伊凡說錯了，這一次不一樣。這次爸爸真的住了很長的時間，一天又一天的，可是到最後，**他還是走了**。

「為什麼？」潔西問。

伊凡聳聳肩。「誰知道。」說完就又躺下了，彷彿談話到此結束。潔西不由得猜想伊凡是不是要把她轟出去了，可是他什麼也沒說，所以她猜想自己可以繼續留下來。她看著伊凡擺在書桌上方書架上那一排排的籃球獎杯。

「是不是因為他不喜歡我們？」潔西問，但是她在心裡面想的是：**是不是因為他不喜歡我？**無論是哪一種爸爸，都一定會很開心有伊凡這樣的兒子——籃球明星，最有人緣的小孩，還是多才多藝的魔術師。而她不確定爸爸是怎麼看待她的。

「他喜歡我們啦。」伊凡說，「他只是更喜歡別的事情。」

「什麼別的事情？」

「工作啊，旅行啊，提著一個行李箱過日子啊，就差不多別的、全部的事啦。我敢打賭如果爸爸要寫一個這輩子最重要的東西清單，我們會排在大約第十五吧，而且鐵定排在他的手機後面。」

潔西開始研究伊凡，看得出來他的心情很壞。第一，他說話的時候不看著她。第二，他的聲音跟平常不一樣。第三，他沒把她轟出去，雖然看得出來他想繼續睡覺。

接著她又開始想知道**她自己**有什麼感覺。她決定要做「感覺檢查表」。她非常小聲的複述她的清單。「我開心嗎？不。我難過嗎？不。我害怕嗎？不。我生氣嗎！不——」

「小、潔——」

「我在做我的感覺檢查表。」她說。

「我知道你在做什麼。你不能在心裡做就好嗎？」

「不行，要說出來才有效。」

「喔！」伊凡說，拿枕頭摀住頭。不過，他仍然沒有把她轟出去，非常的不尋常，而潔西猜不出這是什麼意思。

「開始畫圖。」她自言自語，閉上了眼睛。腦海中掠過的第一個圖案是《夏綠蒂的網》裡面的小蜘蛛寶寶，在書的結尾像氣球一樣自由飄浮。她知道在故事裡那應該是傷心的一刻，可是她總是覺得非常奇妙。

潔西睜開眼睛問伊凡：「媽什麼時候回來？」

伊凡看著床頭几上的鬧鐘。「大概還要四個小時。」

「OK，那我要去看卡通。」媽媽通常不允許他們在星期六早晨看電視，可是現在反正也沒有大人在，所以她問伊凡：「你要不要看？」

「不要，我要再睡一會兒。」

潔西走出伊凡的房間，可是沒幾分鐘之後又走回來了。

「伊凡！你一定要來看！快點！」她拉扯他的毛毯，還想要揪住他的T恤拉他。「我是說真的。起來！」

伊凡一定是聽出了妹妹聲音中的驚慌，他一下子就跳下了床。「怎麼了？」他問，兩人一起跑下樓。

「暴風雨來了！它來這裡了！不是往西方吹，是直直往我們這邊吹來了！而且也不只是熱帶風暴了！它變成颶風了！」

客廳的電視開著，螢幕上是一面巨幅美國東岸地圖。

「每一個頻道都是。卡通節目也沒了，全都是氣象！」潔西說。「你看！」

「在這個季節東岸會有一級颶風，實在是極為罕見。風勢會持續增大，時速可能高達八十里。但是真正的災害會是洪水。今晚颶風一登陸，就會降下豪雨……」

「我要打電話給媽媽！」潔西大聲說。

「我們不能打電話給媽媽，」伊凡說，「她還在飛機上。而且，我們也不能告訴她爸爸不在這裡，她會**抓狂**的。」

「可是有一級颶風要來了耶！」潔西大喊。「我們什麼也沒準備！房子會被吹倒。難怪之前霍夫曼教授會那麼奇怪！牠知道！牠一直都知道！」

「不要慌！」伊凡吼叫。「冷靜一點，媽再幾個小時就回來了。我們先把電視關掉——」

「不行！」潔西大喊。「我們需要知道最新情況，就算是很糟糕也一樣。」

「那你就要先冷靜！因為你發神經的話我就會不知道該怎麼辦，OK？」

「OK，OK，我會冷靜，我發誓。」

兩人並肩坐在沙發上，看著電視，努力想聽懂記者說的話。潔西說對了：每一個頻道都在報氣象，而且全都是大新聞。這裡從來沒在陣亡將士紀念日之前有過颶風，所以每個記者都說這次是百萬分之一的機率。颶風接觸陸地的時間大約在午夜，整個週日都會受到影響。機場關閉，州長也宣布全州進入緊急戒備狀態。

「伊凡！機場關閉了！那媽媽呢？」

「她的飛機搞不好已經降落了。」伊凡說，看著時鐘。「我們……我們來吃早餐，我餓了。」

可是潔西除了巧克力布丁之外，什麼也吃不了，而且就連巧克力布丁也只吃了幾湯匙。她覺得胃好像是要從肚子裡翻出來，她的頭也又痛又重。

十點時，電話響了，潔西兩手摀住耳朵，就像是怕鈴聲會害她的頭裂成兩半一樣。伊凡在第三聲時接了起來。

「喔，嗨，媽！」伊凡說。潔西擠過來一起聽。通常伊凡會把電話拿走，可是這一次他讓潔西一起聽。

「孩子們，運氣真不好，」媽媽說，「我原本想搭早班的飛機，趕在暴風雨來之前回家，可是我搭的飛機引擎發生了一些問題，現在我困在辛辛那提了，喔，拜託！」

「什麼意思，什麼『困在』？」潔西尖聲說。

「不，不，沒事！別擔心，我很好。先讓爸爸跟我說話，然後我再把所有的事情跟你們說。」

潔西用雙手摀住嘴巴，壓得很用力。她想要放聲大喊：「**他走了！他丟下我們了！**」可是伊凡給了她一個眼神，意思是「**你敢說就試試看！**」所以潔西知道要緊閉嘴巴才行。

「他出門了。」伊凡說。

「出去？喔，是為了暴風雨做準備吧。可是我剛才打他的手機，他沒接。」

「喔，你不用擔心。」伊凡說，「沒事啦，我們都很好。我們已經吃過早餐了，現在在看電視。」跟媽媽講話，讓他想到魔術師的順口溜——在舞臺上說話，不讓觀眾注意到真正的情況。潔西猛力搖頭，可是嘴巴閉得緊緊的。

「看電視？早上就看？」媽媽說，說完停頓了一下。「好吧。等爸爸回來，可以的話，叫他打電話給我。我的電池電量不足了。說真的，這次還真是倒楣事一樁接著一樁來。我都記不得上一次這麼倒楣是什麼時候的事了。你們大家都好吧？」

「都好。」伊凡說。

「好吧，」媽媽說，「我會儘可能趕回家，可是目前的情況不明。我聽說這邊的機場關閉了，所以我想我可能得等暴風雨過後才能回家了。叫爸爸要注意家裡有沒有電池，還有把浴缸裝滿水，預防停水。小潔，你還好嗎？」

「嗯，」潔西吱吱叫，「我想要你回家來。」

「我知道，小可愛，我會儘快趕回來。跟爸爸在一起好玩嗎？」

潔西哭了，伊凡趕緊把電話拿開。

「很好玩啊，我們很開心。」他說，「那，等一下見嘍！」

伊凡掛斷電話之後，潔西真的嚎啕大哭起來了。伊凡兩手按住她的肩膀，帶她到洗衣室。媽媽在那裡掛了一幅舊海報，是二戰時期在英國很流行的。鮮橙色的海報上有英國皇冠，底下寫著「**處變不驚，生活如常**」。

媽媽說英國人是全世界的楷模，他們熬過了連續好幾個月的德軍轟炸，照樣每天過日子、做生意，讓國家運作不輟。每次她如果受不了洗衣服，她就會去想一想英國人的勇氣。

「好了，」伊凡說，「我們沒事的。你看，至少沒有人向我們丟炸彈。」

不錯。一切安好——暫時是。潔西瞪著那張海報，然後說：「我們需要準備

有備無患！緊急狀況需要的東西

記者潔西・崔斯基

像安娜貝爾這樣的大風暴需要有慎重的準備。
下列是度過大風暴所需要的物品：

- 飲水，每人每天三加侖，準備三天份
- 食物，不會腐壞的食物，三天份
- 使用電池或手搖式發電的收音機以及額外的電池
- 手電筒和額外的電池
- 急救箱
- 口哨，用來求救
- 口罩，過濾汙染的空氣
- 塑膠布和膠帶
- 溼紙巾，垃圾袋，塑膠繩
- 扳手或老虎鉗，用來關閉水電瓦斯
- 手動開罐器
- 地圖
- 手機與充電器（太陽能或手搖式發電）

我在報紙上寫的東西。」

清單很長。有些東西容易取得，像是手電筒和電池，媽媽隨時都有準備，以防停電。但有些東西就很難確定了。三天份不會腐壞的食物？他們打開櫥櫃找罐頭，可是大部分都滿噁心的。白豆、放很久的鹹餅乾？有沙丁魚，可是他們兄妹倆都覺得很噁心。穀片可以，可是萬一停電，他們就沒有牛奶可以配著吃了，而且潔西最討厭乾穀片那種像砂紙的口感。

他們也沒有裝電池的收音機或是手機，更別提什麼手搖式的充電器了。他們只能希望萬一停電，只會停個兩小時。

兄妹倆下午的時間大多在討論——還有爭吵——要如何拿到清單上所有的東西。就算都找到了，又要放在哪裡。潔西覺得他們應該把東西都拿到頂樓，以防淹水。伊凡認為應該要拿到地下室，以防屋頂被吹掉。於是，他們在廚房地板的中央堆起了小山一樣高的食物、毛毯、電池、膠帶、塑膠袋、地圖、螺絲起子、老虎鉗、紙巾，看起來像一堆垃圾，但是潔西知道這些很可能就是拯救他們的生命的好東西。接著他們到門廊上去把所有的東西都收回來——溼透了的布簾、小地毯、破木頭——全部放進車庫裡。

雨下了一整個下午。大約在晚餐時間，風勢變大了。潔西能聽見屋簷下的風呼呼叫，繞著屋子打轉，彷彿想要撬開木板，找到密道進來。屋外的樹林裡樹木吱吱嘎嘎，屋子後面一片鬆脫的窗板開始砰砰響。傍晚的光線消退，黑暗籠罩住整棟屋子。潔西看電視上的老片重播，儘量不去想眼前的漫漫長夜。

九點鐘，潔西正在刷牙，突然停電了。

「伊凡！伊凡！」她大喊大叫，把牙膏噴在伸手不見五指的漆黑中。

「我來了！我來了！」他喊回來。「不要慌！」

潔西用手去摸洗臉臺的邊緣，一面唸：「處變不驚，生活如常。處變不驚，生活如常。」只不過是沒燈光而已，黑暗中並不會多出什麼在光亮中沒有的東西，沒有什麼好怕的。可是一下子什麼都看不見，害她的心臟狂跳，腦袋打結。

「你到底在哪裡啊？」伊凡的聲音從走廊傳來，接著是一圈彈跳的昏黃光束，潔西能看到物體的隱約輪廓了。伊凡的臉在微弱的光圈中像鬼一樣，但至少看得出是伊凡。「你的衣服前面全沾到牙膏了。」他說完，用手電筒的光束照著她的胸口。

潔西快速的刷牙漱口，然後兄妹兩人一起下樓到廚房拿手電筒。潔西想要拿兩支，一支自己使用，一支備用。

她上樓回到房間之後，又發現了更糟糕的事——沒有小夜燈。潔西一定要開小夜燈才能睡覺，可以幫她趕走惡夢。

「你可以用手電筒啊，」伊凡說，「一直開著就好了嘛。」

「半夜的時候電池會沒電。」那可是最恐怖的情況了。半夜醒過來，自己一個人，四周一片漆黑，屋外還有颶風肆虐。「我可不可以跟你睡？」

伊凡做個鬼臉。「可是你會踢人耶。」

「我知道，對不起，我也沒辦法。」

「你整個晚上踢來踢去的，我沒辦法跟你一起睡。而且床也不夠大，我們都長大了。」他聳聳肩，彷彿他愛莫能助。

屋外狂風怒吼，還有什麼東西被扯開的聲音，隨後是很響的一聲砰。

潔西搖頭。「沒有小夜燈，我不敢一個人睡。」

伊凡非得想個辦法不可。

「我們去睡媽的床，那一張比較大。」

真是個好主意。潔西匆匆忙忙走在伊凡前面，希望能先占住媽媽睡的那一邊。可是她窩到被子底下之後，就注意到床鋪沒有媽媽的味道。

「是爸的味道。」她說。

「嗯。」伊凡咕噥著說，爬進另一邊。

「晚安，伊凡。」

「晚安，小潔。」

兩人默默躺了幾分鐘。潔西覺得自己隨著每一陣呼嘯的風聲而全身緊繃。有東西在擦撞窗戶，潔西一再的告訴自己只是側院的楓樹樹枝，可是聽起來好像是惡魔想要闖進來。

「伊凡，你睡了嗎？」她問。

「沒有。」伊凡回答，他的話讓潔西嗤嗤笑。「我們不會怎樣的，小潔。睡覺吧，OK？」

「OK，」潔西說，「我會儘量不要踢你。」

「那就太感謝了。」

之後兩人都睡著了，伊凡先睡著，然後是潔西。

颶風越來越近了。

14 分散注意力

分散注意力

（disorientation，名詞）魔術師迷惑觀眾的技巧，通常是靠快速的順口溜以及花俏的動作，如此一來觀眾就不會注意到魔術師的機關或手法。

伊凡在黎明時醒來，頓時不知道自己身在何處。他夢到一頭大象掉進陷阱裡，他的耳朵裡仍充斥著大象的哭號。

可是這不是他的床。而且還有奇怪的聲音——吱吱嘎嘎的聲音，像是有什麼東西想闖進來或是衝出去的聲音。伊凡坐起來。房間裡只有陰影，他的T恤緊貼在背上，腳上的被子絞成一團，他想不通自己現在到底是在哪裡。

忽然，他被踢了一腳，才發現潔西睡在他旁邊，也才回過神來——號叫的是風，吱吱嘎嘎的是窗戶，而他們這棟到處都透風的老房子正在哆嗦著抵抗暴風雨。

伊凡下床去喝水。他從來沒聽過這麼強的風聲，連腳底下都感覺到房屋在震動。窗子嘎嘎響得好厲害，他還以為窗戶會被吹得粉碎。偶爾外頭傳來撞擊聲，伊凡在心裡胡亂猜測大概是什麼撞上了屋子。

他看著窗外，在灰灰髒髒的晨光中看到雨正斜打著房屋，好像是有人打開巨人用的水管瞄準了窗戶噴水。街上的房屋都沒有燈光，路燈也不亮。當他的眼睛適應了昏暗的光線之後，開始能分辨出某些東西的形體。有幾根大樹枝折斷了，還有一棵樹擋住了馬路。對面的房屋前院籬笆有一段倒在地下，柵門被吹開了，撞在角落的郵箱上。最奇怪的是，他們家前面的那棵樹上卡了一個東西。一開始伊凡看不出那是什麼：大大的，圓圓的，上面還有圓點。後來他才發現那是兒童用的塑膠游泳池，現在卡在樹枝上，距離地面三十呎。他離開窗前時，還看到兩張庭院椅一前一後在馬路中央追逐。

伊凡又爬回床上，潔西在大聲打呼，可是聲音幾乎被外頭咆哮的風雨掩蓋住了。外面有東西咚咚響，房子像在波濤中顛簸的船隻一樣吱吱叫。**房子會倒塌**，他心裡想，**房子太舊了，太破了**。到時他們該怎麼辦？他儘量要自己不要胡思亂想，感覺像過了幾個小時，他終於又睡著了。

把伊凡又吵醒的是一聲像爆炸的聲音。他看見外頭的天光，朦朦朧朧的、灰濛濛的——確實是外面來的光線。那個聲音實在是太吵了，連潔西都吵醒了，她可是連敵軍入侵都吵不醒的人呢。

「那是什麼聲音啊？」她大喊，看著伊凡，兩隻眼睛瞪得銅鈴大。外頭的風雨似乎比之前還要強，彷彿是從某個破洞衝進屋子裡。

伊凡和潔西急忙離開媽媽的房間，循著暴風雨聲找過去。他們一到潔西的房間，簡直不敢相信自己的眼睛。一棵大樹砸穿了牆壁，倒在潔西的床鋪上。牆壁上的洞有半張床那麼大，雨一直灌進來，床鋪和地板都溼了。天花板的灰泥一塊一塊掉在床上和地上。

伊凡看著潔西，怕她會抓狂，可是她的表情非常平靜，像是她在想什麼？潔西不喜歡房間被弄亂，連一丁點髒亂都不行。

潔西指著她的床。「如果我昨晚睡在那裡，現在我就已經死了。」她大聲說，像記者在報導。

「不會啦。」伊凡說，連想都不願去想。可是如果潔西真的是在她的床上睡覺呢？那他會怎麼做？為了擺脫這個想法，他問潔西：「這是什麼樹？」

兩人小心走進房間，到破洞那裡向外看。

「喔，伊凡！是那棵『可以爬的樹』！」

沒錯，「可以爬的樹」攔腰折斷了，上半部砸中了他們的房屋。伊凡覺得一陣心痛，幾乎就像是某人死了。「可以爬的樹」不僅僅是可以玩耍的地方，有些時候它就像是伊凡唯一的朋友。在他需要逃開的時候——逃開屋子，逃開潔西，逃開爸爸媽媽的吵架，逃開他自己的不耐煩或是挫折或是疑惑，「可以爬的樹」總是歡迎他，為他保留一個地方，由著他想怎樣就怎樣，從來不會要求回報。

伊凡很想抬頭大叫，但是不行，潔西在旁邊，她在看著他。她在等待。

「呃，」他說，「我們可能應該……嗯，做點什麼……」他指著牆壁上的破洞。他只想回自己的房間去，把門關上，埋在被子底下。他想要讓別人——任何人——去負責。而又一次，之前的憤怒又在心中升起。他的**父親**應該要在這裡。

可是他不在，他走了，他在他們最需要他的時候消失了。可是現在為了這件事生氣一點用處也沒有，有些事需要現在就要處理，而這些事不能等。

他想到彼得，想到他們在火災後修復外婆的房屋。他記得彼得說的話，他的指示，既堅定又清晰。

「我們得讓雨別再打進來，」伊凡說，「不然房子會壞掉。」

「房子會壞掉？」潔西大喊，比著她床上的樹。

「壞掉的地方會更多！」伊凡說。「水是房屋最可怕的敵人。」說得好像彼得就站在這裡一樣。「不能讓水進來，這是最重要的一步。」

伊凡派潔西下樓到車庫去拿媽媽放在那邊的塑膠防水布。

「我們要怎樣固定防水布啊？」潔西回來樓上之後問哥哥。

伊凡看著破洞。「用釘子。」他果斷的說。

潔西猛的睜大眼睛。「釘子？釘在牆上？你敢釘？媽會殺了你的！」

「小潔，你自己看嘛！反正這裡已經是大災難了，幾根釘子也不可能會讓它更糟糕的啦！」

於是兄妹兩人敲了二十根釘子到牆壁上，把防水布固定在破洞的上方。潔西想到一個絕妙的點子，把防水布的下半部拉出來蓋住樹幹，再鋪到破洞外面，這樣雨水就會流到屋外。雖然如此，在屋外的防水布被狂風吹得亂飛，還是有很多雨水從防水布的四周流進來。而且樹幹也只像是一根稻草，會把水引進來，流在床鋪上。潔西一向很擅長規劃做事步驟，但她現在卻一點主意也沒有。她跟伊凡把兩張較小的防水布塞進樹幹和床墊之間，然後再把防水布拉起來，弄出兩條塑膠水溝，流進來的雨水會匯集在塑膠水溝裡，再流進潔西放在地板上的兩個水桶裡。有點像她跟伊凡有時會製作的彈珠臺遊戲。

「我們也只能做到這樣了。」伊凡說。

「我們要記得來倒水，因為水滿得挺快的。」潔西說。

她說得沒錯，每個水桶裡已經接了將近一公分的雨水了。天空怎麼會有那麼多雨水可以下啊？

伊凡和潔西用毛巾把地上的積水擦掉，再把又溼又重的毛巾搬下樓到洗衣間裡，堆在烘乾機上。沒有電，所以沒辦法把毛巾烘乾。然後他們到廚房去，倒了一碗穀片，但是他們決定不要開冰箱，希望在電力恢復之前，冰箱裡的溫度夠冷。兩人坐在陰暗的廚房裡，吃著乾乾的穀片，不靠近玻璃門，以免有更多的樹倒下來。

「你覺得還會發生更恐怖的事嗎？」潔西問。其實伊凡也在想同一個問題。

收音機沒有裝電池，他們沒辦法聽氣象。沒有電視，沒有網路，沒有電話。他們完全和外界斷絕訊息了——就好像他們是住在南極洲，跟全世界都連繫不上。

「我們是不是應該去卡普爾家？」潔西說。卡普爾家是他們右邊的鄰居。

「不必。」伊凡說，「我們不需要他們。我們沒問題啦。」他知道自己說的不是真的。外頭有颶風在發威，屋子裡還有一個像浴缸一樣大的破洞！可是他不想跟別人說爸爸丟下了他們，媽媽去了加州，而且沒有照約定的時間回來。他不知道萬一讓別人發現了，會發生什麼事，可是他不想冒險。最好還是待在家裡，撐過暴風雨。

「可是如果……」潔西說，「如果……房屋倒下來呢？或者……窗戶破了，到處都是碎玻璃。或者……地下室淹水了，而且水淹到樓梯下……？」

伊凡看著潔西，看得出在他的腦子裡漸漸成形的想法也在妹妹的腦海中出現——那是地下室滲水，水位越來越高，一吋吋升高的畫面。

「啊，伊凡……」潔西說，跑向地下室的門，「我們把霍夫曼教授丟在下面了。只有牠自己一個！」

「等一下！」伊凡說。「我們需要手電筒！」

他跑上樓到媽媽的房間去抓起了一隻大手電筒，那是他們最強的一支手電筒，然後也幫潔西拿了一支。等他下樓到地下室的門前，潔西已經摸索著下樓了，緊緊抓著欄杆，小心翼翼的落腳。伊凡幫兩人照路，可是在走到最後一級時，兩人都停了下來。

地下室整個淹水了。水從水泥裂縫滲出來，從水泥牆面上向下流，像瀑布一樣。伊凡猜水大概有三十公分深，因為樓梯的最後兩級完全淹沒了。

「牠在哪裡？牠的箱子呢？」潔西尖聲叫。她的手電筒光束抖來抖去，照遍了地下室，房間也在她的眼前晃動。

「我不知道，小潔，」伊凡說。「不要亂抖啦，手電筒不要到處照。喏，你找那半邊，我找這半邊。」水面上漂浮的東西一大堆：舊運動鞋，一盒燈泡，一輛塑膠汽車。伊凡的手電筒照著一顆洩了一半氣的海灘球，還有潔西的舊著色簿。兩個復活節籃子漂過去，像浴缸裡的玩具一樣上下波動。

忽然潔西大喊：「你看！」她指著手電筒瞄準的角落。伊凡也把手電筒照過去，兩個人都看見了。有東西漂浮在水面上。

那是霍夫曼教授的紙箱，已經變成扁平狀，浸在水裡——而且裡面是空的。

15 消失

消失
（disappearance，名詞）
魔術手法，讓一件物品、一個人、一隻動物好像消失了。

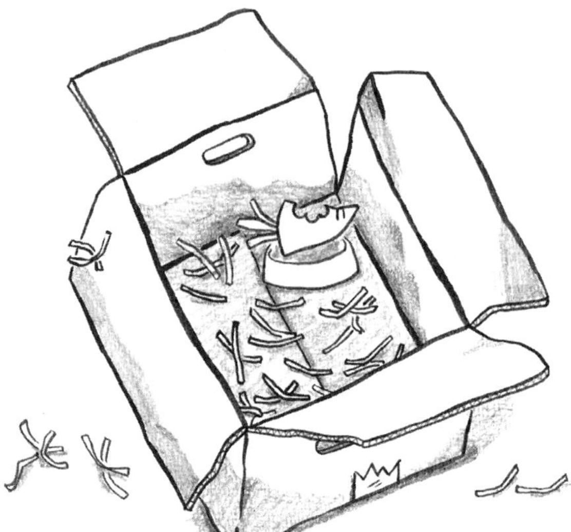

潔西上樓去穿她的高筒雨鞋，然後走到地下室，涉過漸高的水，大聲喊：「霍夫曼教授！你在哪裡啊？是我們，快點出來！」她找了所有的架子，想說牠可能會往上跳，逃避洪水來襲，這是動物的本能：尋找高處。可是潔西找遍了每一個架子，卻完全沒有看到兔子的蹤跡。

伊凡沒有雨鞋，所以他拿著手電筒，留在樓梯上。十分鐘後，他說：「小潔，我們不能待在這下面，水越來越高了，而且我覺得裡面還有噁心的東西。看到沒？」他指著靠近爐子的水，潔西能看見表面有一層油。「走吧。」

潔西在樓梯上脫掉雨鞋。「你覺得牠會跑去哪裡？」她問，可是在她心裡，她已經知道答案了——霍夫曼教授淹死了，等暴風雨過去，地下室的水抽乾，他們就會發現牠小小的、軟軟的屍體，而且牠再也不能表演魔術了。

潔西從來沒有喜愛過什麼動物，可是她愛霍夫曼教授。她愛牠，因為牠很安靜，很乖，很單純，需求不多。有時候牠很平靜，有時候牠會緊張，可是更多的時候牠只想吃生菜，偶爾吃一個櫻桃蘿蔔。牠需要水，箱子也不時需要清理，而且牠會乖乖的練習魔術。牠是一隻容易了解的兔子。

她儘量不去想牠在生命結束前的經過，她跟自己說兔子對恐懼的感受跟人類不一樣，可是早晨漸漸流逝，暴風雨仍不停歇，潔西卻越來越驚慌，忍不住想霍夫曼教授一定也經歷了她現在經歷的某些感覺。

「伊凡，水桶滿出來了！」潔西大喊，第五次去查看她的房間。現在雨勢甚至變得更大了，水桶裝滿的速度也讓人不敢相信。

「等我一下，」伊凡喊回去，「廚房又漏水了！」廚房的天花板在下午開始滴水，伊凡和潔西定時巡邏，檢查每個房間是不是漏水。到目前為止，媽媽的房間有一個地方漏水，浴室有一個地方漏水，廚房有三個地方漏水。唯一完全乾燥的房間是客廳，所以伊凡和潔西把需要的用品都搬到客廳，在巡邏的空檔到客廳休息。

「好糟糕喔。」潔西在某個時間說出這句話。她想打開一罐醃黃瓜。潔西最愛吃醃黃瓜了，可是媽媽只准她一次吃兩條，因為吃太多她會胃痛。

「我來開。」伊凡說，伸手去拿玻璃罐。他在吃玉米片沾冷的奶油巧克力醬。

「好噁心喔。」潔西就事論事的說。

「其實不難吃耶。」伊凡說，把蓋子打開，把罐子還給潔西。「只能吃兩根。」

「我知道，我知道。」潔西說。她不喜歡用手去拿食物，尤其是溼溼的、冷冷的食物，所以她用叉子戳了一根，撈出來。她一面咀嚼，一面想到了霍夫曼教授，就又說：「好糟糕喔。」

「怎樣？」

「就這些啊。這場暴風雨。一堆事要做。」**還有一堆的悲傷**，她心裡這麼想。

「對，我好累喔。」

「我們要整晚不睡嗎？還有水桶要倒嗎？」潔西問。

「好像是。除非暴風雨停了。你覺得有變小一點嗎？」

兩人都側耳傾聽狂嘯的風和拍打窗戶的雨滴。潔西差不多快習慣了，暴風雨持續了好久好久，感覺像好幾天了。「沒有，」她最後說，「我覺得一點也沒有變小。」

「真希望我們有收音機。」伊凡大概是今天第四次說這句話了。「我想知道現在外面是怎樣了。」

潔西吃完了第二根醃黃瓜，想要再吃一根，但是她還是把蓋子旋緊了。她一整天都沒有很餓，可是她知道應該要吃東西來維持力氣。她伸手去拿最後一包奶油餅乾。「你要不要跟我一起平分？」她問。

「不要，我已經吃了十個了。」伊凡向後靠，閉上眼睛。潔西覺得他會在沙發上睡著，可是他又坐直，告訴潔西：「我還是去看看地下室，看水位是不是又高了。」

潔西從早上之後就沒有再下去地下室，她受不了；可是伊凡每隔一小時就去檢查一次，數樓梯還有幾級沒淹到。上一次檢查，水位升得好高，只剩十級還在水面上。萬一水漲到樓梯口，溢進廚房呢？

潔西做個深呼吸。「我跟你去。」她說。想到要下去那些樓梯，下去混濁的黑暗中，還有那麼多水，潔西就覺得她是要下去一口很深很黑的井裡。

再說，地下室已經不再只是地下室了——它還是墳場。

「不用啦，」伊凡說，「我自己去就可以了。」

可是潔西非要跟去不可，所以他們拿了家裡能找到的每一支手電筒，一共七支，全部打開來。伊凡腋下夾兩支，手上拿兩支，而潔西則把三支全抓在手裡，她想要用一道強光來照亮地下室。在打開地下室的門之前，伊凡停了下來。

「小潔，如果水位太高了，我覺得我們應該去求救。」

「你是說，我們要告訴別人爸爸丟下了我們？」

伊凡點頭。

爸爸丟下了我們。說出口感覺很恐怖。潔西納悶著，爸爸會不會被逮捕，有沒有法律規定不可以在颶風來襲期間丟下孩子的？應該要有才對！

「他為什麼要那樣，伊凡？」他們的爸爸熱愛他的工作，但那並不代表他就不能愛他們，不是嗎？

「我不知道。」伊凡的聲音真的很累，他全身都沒力氣。然後他又突然挺直腰。「可是我恨他！我恨他離開我們——又一次離開！而且這次還有暴風雨……」

「暴風雨不是他的錯。」潔西認真的說。不能把颶風怪到別人頭上，那是自然現象。

「**就是他的錯**。他是大人，他應該要知道，**他應該要關心**！」

潔西不知道該說什麼，她不喜歡伊凡生爸爸的氣，會讓她覺得好像是她做錯了什麼似的。

她看著伊凡。「他只是……爸爸。」

伊凡搖頭，潔西不知道是不是她說錯了話。可是伊凡的表情不再憤怒，只是又一臉疲憊。「唉，來吧，」他說，「我們來檢查地下室。」

潔西很高興有伊凡走在前面。如果這是一部恐怖片，那此時此刻一定會有僵屍跳出來攻擊他們。她似乎能聽到陰森森的音樂響起。潔西在狹窄的木樓梯上走得很謹慎，她的兩隻手抓著三支手電筒，沒辦法像平常一樣扶著欄杆。她儘量把光束照著下一級樓梯，才能看清要落腳的地方，突然之間，伊凡大叫：「看！」

潔西的第一個想法是**殭屍！**直覺要抓住欄杆，轉身逃跑。手電筒從她的手上鬆脫，她向前撲要去接，腳下卻一滑，結果向前跌倒，撞上了伊凡，撲通一聲跌進底下冰冷漆黑的水裡。

16 恢復原狀

恢復原狀
（TnR，名詞）
一種特殊的魔術。魔術師把某個東西（像是繩子、卡片等），割斷、撕破，或是打碎，然後再把它變得跟原來一樣。

「我快淹死了！伊凡，我快淹死了！」

伊凡衝進髒水裡，抓住潔西。「你沒有淹死！快點站起來！」潔西兩手亂揮，一隻手打到他的臉，伊凡向後跌，摔進了泥濘的水裡。他站起來，吐著水，不確定潔西在哪裡。地下室伸手不見五指，只有樓梯口照進來一縷光線。伊凡能聽見潔西在拍水喘氣，可是看不見她在哪裡。然後他感覺到水面下猛力的一踢，他朝那個方向伸手，抓住了什麼東西，就把它拉到水面上。「潔西！」他大聲吼。「不要踢了！水沒有那麼深啦。**站起來**就對了！」

潔西用兩手牢牢抱住哥哥的身體，好似放開他就是世界末日一樣，但是伊凡感覺得到她的兩腳踩住地面，是靠她自己站著。她在劇烈咳嗽，但伊凡覺得聽起來她的呼吸還正常。

「走吧，」他說，「水很髒耶。」他半拖半拉，把她帶到樓梯下，幫忙她走上去，離開水面。

「你幹麼要大叫？」潔西說，仍在咳嗽。

「因為水**退了**！樓梯露出兩級了。」這是好消息，可是他現在也混身溼透，好消息也不像好消息了。

到了樓梯口之後，潔西坐了下來。「我的襪子都溼了。」伊凡知道潔西不喜歡衣服弄溼，尤其是鞋子和襪子。她從小時候就是這樣。

他在低她一級的地方坐下，幫她把溼透的鞋帶解開，脫掉兩隻鞋，再脫下她的溼襪子。潔西把襪子仔細的塞進鞋子裡，再把鞋帶綁在一起，變成方便攜帶的鞋子包袱。她看著伊凡。「霍夫曼教授死了。」

伊凡點頭。「我知道。而且『可以爬的樹』也沒了。」

潔西看著底下的水。「而且爸爸也離開了我們。」

伊凡又點頭。他把睡褲褲管撩到膝蓋上，溼透的布料像章魚腳一樣吸住他的腿。他衝進水裡時，兩隻拖鞋都弄丟了，現在又太暗，看不到拖鞋是漂浮著還是沉沒了。

就在這時候，伊凡發現了最糟糕的事：所有的手電筒都弄丟了，一支都不剩。手電筒全都在水底下，而家裡面再也找不出一支來了。沒有手電筒，他們要怎麼度過另一個夜晚？

「今天真是最爛的一天了，」潔西說，「我說的一點也**不誇張**。」

伊凡點頭。他也沒有別的話可說了。

「你覺得颶風離開了嗎？」潔西問。

伊凡指著底下的樓梯。「水位在下降。」

「可是還沒結束。」潔西說。

「最壞的已經結束了。」伊凡說。

「可是不是完全結束，還在下雨。」

「對，可是最壞的已經結束了，」伊凡說，覺得有點惱火，因為潔西一直囉嗦。

「風還在吹，可能還會有樹斷掉。」

「也可能不會。」

「我只是說……」潔西說。

「閉嘴啦！」伊凡氣惱的說。「我們靠自己度過了一級颶風耶，所以這是我們這一輩子最棒的一天！」

潔西安靜了百分之一秒，然後把兩隻手高高舉在頭頂上。「我們是崔斯基家的人，我們是硬漢！OK，今天很棒。」她站起來。「可是我吞了髒水，我需要去刷牙漱口。」

「好主意，」伊凡說，急著要把溼T恤和睡褲換掉。「等一下我們把冰箱打開，拿冰淇淋出來，動作一定要很快喔。就算變成湯了，還是可以吃，而且我們要把它吃光光！」

「用薄荷棒沾著吃！」潔西大喊，衝上了樓梯，跑進廚房。

傍晚時，暴風雨確實變小了。不時還有一陣陣的強風，像是小孩子鬧過脾氣以後偶爾還是會哀號，提醒大家它剛才在生氣。雨勢也緩和了，最後變成了毛毛雨——雖然伊凡不敢相信老天爺居然還有水可以倒下來。

天色變暗之後，伊凡和潔西討論是不是該點蠟燭。他們的媽媽有幾根漂亮的蠟燭，是留著特殊場合用的，而且伊凡知道怎樣點火柴，雖然在沒有大人監督的時候，他是不可以用火柴的。最後他們決定要摸黑過夜。

「我們已經違反一大堆規定了，要是我們再把房子燒掉……」潔西說，「媽一定會殺了我們的。」

伊凡非常同意。再說，到這個時候，在屋子裡摸黑走動好像也沒什麼了不起了。尤其是在他們經歷了那麼多的困難之後，這點小事連想都不值得去想。就連潔西都不像會很介意黑暗了。「現在就好像在後臺，等著布幕升起。」她說。

上床睡覺之前，他們把接漏水的水桶提到浴室洗手臺去倒掉，伊凡很有信心這一夜水桶不會溢出來，他們可以平安度過。雨勢緩和了，拍打房屋的聲音變得溫和，正適合聽著入睡。

隔天早晨，陽光亮得刺眼，穿過了窗戶，也鑽進了伊凡的眼睛，把他「吵醒」。

伊凡的第一個念頭是「**水桶**」。他急急忙忙下床，跑去確認潔西的房間地板不會第二度淹水。幸好，兩個水桶裡的水都不到一吋高，而且也不再漏水了。伊凡走進每一個房間，陽光都從雨洗過的窗戶湧入。世界從來沒有這麼亮眼、這麼新穎過。

潔西醒來以後，他們吃鹹餅乾加花生醬，還有蘋果。伊凡幫潔西把蘋果皮削掉，再切成一片片。潔西小心的把花生醬抹在餅乾上，再夾起來做成三明治。

「真希望我們有鬆餅可以吃。」潔西說，仔細的拿盤子墊在桌上，接碎屑。鹹餅乾最會掉碎屑了。

「炒蛋和培根！」伊凡說，舔著流到手指上的花生醬。

「威化餅！」

「蛋捲！」

「媽媽做的咖啡蛋糕！」

兩人都沉默了一會兒，然後潔西問：「你覺得媽媽今天會不會回來？」

「可以的話，她一定會的。」伊凡說。他知道自己說的是實話，不過他也知道，如果天黑前媽媽還沒回來，他們就得去求救了。他們沒有手電筒，而且食物也幾乎快吃光了，他們撐不了多久。

「你覺得舞臺會不會垮掉？」潔西問。

「不知道。我們去看看，」伊凡說，抓了一把的花生醬鹹餅乾三明治。

這是兩天來兄妹倆第一次走到戶外，伊凡覺得好像自己像是外星人降落在一個奇異的星球上。有些東西還眼熟，有些東西卻是澈澈底底的古怪。

後院滿地是斷枝，不是只有少數幾根，而是幾十根樹枝散落在草地上。還有一個大塑膠垃圾桶，還有一把庭院陽傘，不知道是誰家的。有棵樹上還高高掛著一輛黃色三輪車，另一棵樹上掛著一件男人的雨衣。

但是最奇怪的卻是「可以爬的樹」，它看起來像是從屋子裡面長出來的。它從房屋的側面伸出來，斜斜的歪到樹幹折斷的地方，就像是房子長出了一條胳臂，正貪心的伸手到樹林裡，想拿什麼東西一樣。伊凡想到了一個自己會的魔術——他把一條繩子切成四段，然後再變出完整的一條繩子，這叫做恢復原狀。真正厲害的魔術師幾乎可以用隨便一樣東西來變這個魔術，可以是撲克牌、一塊布、甚至是一根棍子。伊凡真希望他能在「可以爬的樹」上施展這個魔術。

「真是亂七八糟的！」潔西倒是很有精神的說。

伊凡不得不同意。暴風雨這次可真是使出了看家的本領，一點也沒有半途而廢，這一點讓你不佩服都不行。「媽看到一定會很難過，」他說，「我們應該先儘量把家裡打掃乾淨。」

潔西開始撿小根的樹枝，她喜歡整齊乾淨，物歸原位。伊凡撿起大塑膠桶——他打算先用它來裝東西，等真正的主人來要再說——接下來的半小時，兄妹倆把垃圾桶裝滿了樹枝，推到樹林裡丟。伊凡想到有些樹枝是「可以爬的樹」

的，就覺得難過。一想到工人會把「可以爬的樹」砍掉，他就更難過了。他想像著推土機和鏈鋸，忍不住希望工人來時他在學校裡。

「嘿！嗨！」伊凡轉身看到梅根．莫里亞堤繞過屋子到後院來。她面帶笑容，還揮著手，卻突然停下來。「哇嗚！你們家的屋子長出一棵樹耶！」

「其實……」潔西說，「是樹**插進**屋子裡了。」

「反正你們贏我們了。我家只有兩扇窗板不見了，還有煙囪掉了幾塊磚頭下來。還有，我爸的吹落葉機被颳到樹上了！」

伊凡指著他們後院樹上掛著的三輪車和雨衣。然後梅根注意到舞臺，就問：「你們還是要表演魔術嗎？」

伊凡看著潔西，潔西低頭看著腳。「出了一點問題，」他說。「我們可能不能表演了。」他覺得一顆心往下沉。

別的先不管，魔術表演是肯定完蛋了。他看見潔西的眼眶紅了。

「可是你們不表演不行啊！」梅根說，「我已經把票賣出去了。」

「什麼？」伊凡問。

「潔西把她印好的票給我了，有的同學問是不是可以星期五就買，免得到時還要排隊，我說好，所以他們給我錢，我就把票給他們了。」

伊凡注意到潔西不哭了，只要提到錢，潔西就整個人精神都來了。「喔，我看反正也不會有人來啦，」伊凡說，「他們可能都要大掃除。」

梅根皺著眉頭。「莎莉會來，我今天早上看到她騎車經過我家，她說她絕對會來看。還有我家隔壁的小孩也要來，我跟他們的媽媽說我會陪他們走過來。」

伊凡聳聳肩。「那我們就只能跟他們說表演取消了，把錢退給他們了，對不對？」

「好可惜喔，」梅根說。「很多錢耶！我一張票賣兩塊耶。」

「一張票兩塊！」潔西叫了起來。她看著伊凡。

哇，一張票兩塊錢。他在心裡亂猜會有多少人來。搞不好因為暴風雨的關係，會有**更多**人來，尤其是因為大家都沒有電可以用。除了來看魔術表演，還有什麼事好做？

伊凡指著門廊。「我們連舞臺都還沒搭好……」

「我可以來幫忙，」梅根說。「莎莉也會幫忙。我猜大家都想要到外面來動一動，因為我們已經關在家裡兩天了耶！」

伊凡轉頭看潔西，把頭歪到一邊。他們能嗎？在一級颶風過後幾個小時就表演魔術？他知道潔西的腦袋瓜裡正掠過五種不同的可能景象，而且正確的答案會冒出來。

「我們應該要照常表演！」她嚴肅的說，「而且我們要把表演獻給霍夫曼教授。」

17 表演必須繼續

表演必須繼續
（The Show Must Go On，俗語）
演藝圈的一句老話，意思是無論有多少麻煩或障礙，都必須要為等待的觀眾演出。

伊凡表演每一個魔術都比前一個更精采，潔西真不敢相信他這麼厲害。一開始伊凡先表演了一些魔術——讓硬幣從手上消失，再讓硬幣在潔西的耳朵後面出現。雖然潔西完全清楚伊凡是怎麼變的，她還是被騙了。他就是這麼厲害。

接著，伊凡表演了「恢復原狀」戲法。先把一條繩子切成了四段，再變回完整的一條。接下來是「杯中球」，把一顆紅色橡皮球放在三個杯子底下，讓球跑到其他杯子裡。然後，他讓三個球同時出現，才一晃眼，三個球卻全都消失了！

雖然因為地上潮溼，觀眾必須站著，但是他們都熱烈鼓掌。來看表演的人至少有五十個人，差不多一半都是四年〇班的同學，也有很多鄰居和同校的同學。潔西還看到一群五年級生，而且還有一些六年級的呢！哇！居然有六年級的學生耶！潔西想。

每一個魔術表演結束後，潔西都會鞠躬。雖然伊凡才是魔術師，可是擺設道具的人卻是她——而且目前為止，她連一點小錯誤都沒有犯。伊凡中間有幾次跟她咬耳朵說：「你真棒！」她知道自己是個好助理，沒有辜負伊凡的期望。

伊凡接著表演撲克牌魔術。他從「黑紅分明」戲法開始，再來是「四張A」，再來是「亂中有序」，最後是「迷路的國王」。最後一個是潔西的最愛。

每一次她都按照該走的步驟把撲克牌擺好，每一個魔術也都完美無瑕。就像伊凡說的：「助手是整個表演中最重要的一環。」嗯，雖然這不完全是伊凡說的每一個字，不過意思也差不多了。

直到伊凡快表演完最後一個撲克牌魔術時，潔西才開始感覺胃像在翻筋斗似的。她跟伊凡保證過，而且現在他完全只能靠她了——爸爸沒有遵守對伊凡的承諾，而潔西下定決心，絕對不要跟爸爸一樣。可是她做得到嗎？還是她會毀了整個表演呢？

「各位女士、各位先生，接下來，」伊凡用嘹亮的舞臺聲音說，「是我的倒數第二個魔術表演，我會讓這個空箱子裡變出一隻兔子！」

潔西小心翼翼的按照伊凡的指示，把兔子箱擺在道具桌上，箱子的正面面對觀眾。她已經把一隻「彼得兔」藏在箱子的暗門後面。潔西把箱子放在道具桌上時想起霍夫曼教授，令她感到一陣痛苦，雖然彼得兔是用柔軟的材質做的，毛皮不像霍夫曼教授一樣滑順溫暖。

伊凡把場子炒得很熱，帶動了觀眾的興奮情緒。他先大聲敲打箱子的四面，接著掀起道具桌上的桌布，讓觀眾看到桌子底下空空如也，然後再把箱子的蓋子打開，手在裡面揮動著，表示箱子是空的。

「好，我現在要用這條絲巾蓋住箱子，再用我的魔法棒輕敲一下，」伊凡敲敲箱子，接著就把絲巾抽掉，「兔子就出現了！」

穿著藍外套，握著胡蘿蔔的彼得兔側躺在箱子裡。潔西伸手到箱子裡，把兔子舉高給大家看。

「嘿！那不是真的兔子！」史考特．斯賓塞大聲喊。

「那是玩具兔子耶！」一個鄰居的小孩子也大聲說。

「可是他還是變出來了啊！」潔西大喊，

她很氣觀眾不鼓掌，明明這個魔術表演得很棒耶！

「霍夫曼教授呢？」梅根問。每個四年〇班的同學都知道伊凡和潔西養了一隻叫做霍夫曼教授的兔子。

「牠去度假了！」潔西說，「而且，大家現在都應該要鼓掌了。」

觀眾們開始鼓掌，可是不是很熱烈。他們期待的是一隻真兔子，結果只看到一個填充玩具。

就在這一刻，潔西突然有了領悟：**最後的一項表演必須是最精采的**。現在全都靠她了。

「接下來，各位女士、各位先生，是我的壓軸好戲，我要……讓我自己的助手……消失！」

「吹牛！」史考特．斯賓賽大聲喊，「你是不是又要用玩具代替了？」

「不要吵啦！」潔西大聲叫喝。爸爸說對了，站在舞臺上並沒有想像中那麼簡單，你必須得有心理準備，有人會鬧場。

伊凡和潔西把編織籃道具抬上舞臺，直接放在遮住陽臺上的洞的小地毯上。

潔西感覺到心跳開始加速，胸口也緊繃，想要深吸一口氣都很困難。

「你們看到的是一個普通的籃子——有四個面，蓋子，跟底部。」

「裡面是不是有一隻玩具兔子啊？」史考特．斯賓塞大喊。

「閉嘴啦，史考特。」梅根說。觀眾裡有也幾個人跟著說：「沒錯，閉嘴啦。」

伊凡瞪著史考特，「你敢不敢自己上臺來看一看呢？」

每一個觀眾都轉頭看著史考特，而他一副不知如何是好的模樣。伊凡輕鬆的站在舞臺上，好像什麼都不在乎，可是潔西卻緊張死了。萬一史考特上臺來，發現籃子底部是假的，魔術就完蛋了。

「哈！我為什麼會不敢上去？」史考特說。他大搖大擺走到最前面。潔西知道史考特就是這樣——他總是想假裝自己比實際上更高大勇敢。

「來啊！」伊凡說，手指著籃子。潔西真不敢相信伊凡能這麼冷靜，彷彿根本沒有什麼好擔心的。

史考特拍打了籃子的四面，又掀起蓋子看裡面。

拜託，他可千萬不要把籃子抬起來啊。拜託不要讓他抬起籃子。潔西在腦子裡不停的唸。她腦袋裡的聲音好大聲，她好怕她的大腦會把她的想法「廣播出來」，讓全體觀眾都聽見。不要再想了！她告誡自己。

史考特又繞著籃子走了一圈，好似要找出別的辦法來測試。然後他停下來，用力的踢了籃子一腳——籃子滑動了幾吋，但是仍然維持原狀。

「籃子是真的。」史考特不情不願的說。就在這時，潔西明白了，史考特幫了他們一個大忙。他讓籃子變得更真實，令人更加相信他們的魔術。不管伊凡或潔西做什麼或說什麼，都達不到這個效果。

「好，現在我的助手會站到籃子裡！」伊凡宣布。他揮動雙臂，好像在指揮飛機降落，然後他看著潔西。

潔西跟伊凡有過許許多多「風風雨雨」——去年夏天他們打了一場檸檬水戰爭，秋天時他們讓史考特．斯賓塞受審，冬天他們去找迷失在暴風雪中的外婆，還要打退兩個欺負可憐青蛙的小惡霸。還有在爸媽離婚前的那些日子，她跟伊凡坐在「可以爬的樹」上面，等著爸爸媽媽的吵架結束。

潔西看著伊凡的臉，他好像在用眼睛跟她說什麼。他在說什麼呢？潔西怎麼也想不通別人臉上的表情是什麼意思。她需要語言才能理解，有時候甚至語言都沒辦法讓她理解。

可是潔西能夠在腦海中「重播」伊凡在過去跟她說的每一句話——她現在就

在腦海中一再重播——**你做得到的！你做得很棒！不要擔心，我在這裡。**

潔西跨進籃子裡。她覺得自己的內臟已經化成水，滴到腳下。她的耳朵裡有很奇怪的噓噓聲，最讓她聽不懂是伊凡在說：「現在我的助手會躺在籃子裡。」

潔西蹲下來，躺好，兩手擺在胸膛上，跟死人一樣。天空藍藍的，她能聽見附近有鏈鋸聲，頭頂上有隻鳥飛過。

接著蓋子闔上了。籃子裡一片漆黑，她的視線變窄了，扭成螺旋形，最後，除了面前的兩個小圈圈之外，她什麼也看不見。一隻大手壓住她的胸膛，擠出了她肺裡的空氣，噓噓聲變得好響亮，她什麼也聽不到。這就像那次她在海灘上玩衝浪，莫名其妙卡在破浪前進的橡皮艇下面，她被壓到水底下，沒辦法呼吸，什麼也看不見，什麼也聽不到，只聽到洶湧的海水聲，像要把她吞沒。

她的腳好想用力踢打，用力踢到浮出水面。「**不行！**」她告訴自己：「**你並不是在水裡，你是在籃子裡。**」她拚命呼吸，像是在向自己證明「我可以」，一縷像緞帶那麼薄的空氣鑽進了她的肺裡。

「**你做得到的！**」她告訴自己。「**你平安度過了一級颶風，沒有大人的幫助。你做得很棒！不要擔心，伊凡在這裡。**」她讓自己的腳保持不動，等著能夠再次呼吸。

接著，籃子再次掀開來，她依舊躺在門廊上，看著好像包圍住她的藍天。不過觀眾看不到她，因為籃子的假底部會遮住她。

她差一點就要大喊：「**我做到了！**」然後想起來現在是在表演魔術。這麼一想，她的大腦立刻開始轉動。潔西想起了她必須要動作，手腳俐落一點，不能只躺在這裡。

她立刻翻身，把兩腳收起來，儘量縮小身體，並同時掀開小地毯的一角，露出了底下的洞後，她悄悄跳進洞裡。伊凡非常大聲的跟觀眾們說話，為下一階段的幻覺營造興奮的氣氛。伊凡繞著籃子走，輕巧的用腳把地毯翻回去，蓋住了門廊上的洞。

而這時潔西已經在門廊下方了，而且下面烏漆墨黑的！她得用爬的離開。那裡很噁心，因為地上全是泥濘，還有又溼又黏的葉子以及各種蟲子，更別提還有尖銳的石頭會刺痛她的皮肉。她儘量保持安靜，可是實在很難啊。幸好，她不需要爬很遠，爸爸做的暗門距離潔西不到三公尺，她只需要通過暗門，偷偷跑到院子側面，接著跑進樹林裡，等伊凡揮動魔法棒，再出現在觀眾後面。她的時間不多了。

可是當她跑到暗門那兒時，她看見了幾乎讓她心跳停止的東西。

18 魔法召喚

魔法召喚（conjuring，動詞）

讓某個東西突然憑空出現；魔術表演。

伊凡很擅長魔術師的話語，可是他沒辦法一直說下去。他已經繞著籃子走了三圈，向觀眾說明籃子裡面空空的，潔西也消失在空氣裡了。然後他又把籃子豎直，再次關好蓋子，接著他把籃子抬起來，小心的握著假底，讓觀眾看籃子底下什麼也沒有。

「我的助手消失了！失蹤了！無影無蹤了！」誰知道我們還會不會再看到她呢？」觀眾極為安靜，驚異的瞪著舞臺。伊凡覺得他們好像也被他施了咒語似的，但是這個咒語的效力不會持久。**潔西在哪裡**？她為什麼沒有按照計畫出現在觀眾的後面？

她卡在門廊下面了嗎？她從洞口掉下去的時候，是不是受傷了？會不會是她在籃子裡太害怕了，逃脫之後就昏倒了？伊凡看了觀眾的後方，想看清楚樹林裡是不是有動靜。她現在早應該出現才對，一定是發生了可怕的意外。

他正要宣布表演結束，把布幕拉上，再穿過洞口去找潔西時，發現潔西正偷偷穿過觀眾後方的樹林。伊凡鬆了一口氣！潔西大概是又像平常一樣笨手笨腳的，花了比別人多一倍的時間爬出門廊了吧。唉，誰叫她是潔西呢！

「是的，她消失了！」他大聲對觀眾說。「雖然她消失了，可是我有魔法可以把她變回來！只要我的魔法棒輕輕一揮——一、二、三！」

伊凡用魔法棒劃了幾個大圈子，彷彿是在舀空氣，把空氣凝聚成一道強大的龍捲風，「我會讓她再次出現在各位的眼前！」伊凡把魔法棒指向觀眾的後面，院子裡的每個人都向後轉。當他們一看見潔西站在那裡時，立即爆出如雷的掌聲。

「看看我變出了什麼！」潔西大聲吼，壓過響亮的掌聲，一面走向舞臺。「霍夫曼教授！」她雙手高舉過頭，讓大家看見她捧著的小白兔。

伊凡大聲喊：「喔呼！表演到此結束！」說完就跳下舞臺，衝到潔西面前，兩手摸著霍夫曼教授，只是想確定牠是真的。他學了許多煙霧彈和鏡子反射的把戲，知道不能太相信眼睛，可是一摸到兔子柔軟的毛，感覺到牠熟悉的抽動，讓伊凡突然相信兔子死而復活了。「牠在樹林裡？」伊凡問。

「不是！」潔西低聲說。「牠在門廊下面。地基下有一個小洞，很小很小的洞！」她舉高一隻手，畫了一個圈，大約有五塊錢的大小。「牠一定是從洞口逃出去了！而且就一直躲在門廊下面。」

「哇！牠**真是**逃脫大師耶！我們應該叫他胡迪尼才對！」伊凡說。

「不要，牠是霍夫曼教授，而且牠哪裡都不去了。」潔西把兔子舉到面前，用臉頰去摩蹭柔軟的兔毛。她愛霍夫曼教授。牠跟他們一樣，勇敢的度過了一級颶風。

「現在該謝幕嘍！」梅根說。於是伊凡和潔西又跳上舞臺，一次又一次的鞠躬，觀眾又鼓掌、又吹口哨，還大喊：「表演棒極了！」伊凡覺得潔西可能會在舞臺上站上一整天，可是他也看得出來霍夫曼教授越來越緊張了，所以他大喊：「表演結束了！」觀眾就慢慢散去。潔西把霍夫曼教授安全的放進了牠的箱子裡，餵了牠一整片生菜。伊凡知道如果待會兔子大便了，清理的人會是他，可是沒關係。潔西表演了那麼棒的消失魔術，他不介意清理兔子糞便。

伊凡跟潔西把一根大樹枝搬到側院去，伊凡看到讓他頓時忘了一切的人。

「媽！」他大喊，丟下了樹枝，全速跑向媽媽。他摟住媽媽，吸入她熟悉的氣味——是綠茶洗髮精和洗衣粉的味道——潔西也在拉扯媽媽的手臂。伊凡不確定什麼原因，可是他突然就哭了出來，然後媽媽也哭了！

「我們養了一隻兔子！」潔西大聲宣布。

「什麼？」媽媽問，一面從伊凡緊緊的擁抱中脫身。伊凡狠狠瞪著潔西，他不認為用這個話題迎接媽媽回家是好的開始。

「牠叫霍夫曼教授，牠原本要參加我們的魔術表演的，所以爸爸才會買給我們。可是後來牠沒有參加表演，因為我們以為牠死了，因為……因為……牠……」潔西吞吞吐吐，最後乾脆不說了。

「兔子？嗯。」他們的媽媽搖頭，伊凡看出她的臉上有一絲氣惱。「我要先跟你們的爸爸談一談。」她邁步繞過屋子側面，進到後院，一看到「可以爬的樹」猛然停止一切動作。

「我的天啊！」她說。

潔西開始跳上跳下。「樹倒在我的床上耶！直接命中我的床耶！是伊凡救了我，因為他叫我去睡你的床。我們睡醒的時候，聽到一聲好像大砲的聲音！**砰！**」

「為什麼你們的爸爸沒打電話給我？這是什麼時候發生的？」這時伊凡看到媽媽瞪著門廊，欄杆不見了，但並不是碎裂，而是整整齊齊移除了。「伊凡，是暴風把門廊的欄杆吹走了嗎？」

「不是……」伊凡說。「是爸拆下來的，因為他說這個不安全。他已經叫人來修理了，可是我不記得是叫誰……」

「他拆掉的？」媽媽說，重複剛才的話，彷彿不相信是真的。「他拆掉了**我的**門廊欄杆？你爸呢？」她一面說一面爬上了門廊，朝廚房門走去。

「別踩那裡！」伊凡大聲喊，因為媽媽就要踩到小地毯那裡了。

「我的地毯！」媽媽說。「伊凡、潔西！你們明明知道不准拿走我的辦公室裡的東西的。」她彎腰把溼地毯撿起來，露出了底下的洞。

媽媽看著洞，誰都不說話。伊凡看得出來她**氣瘋**了。她是在氣他嗎？他一直盼望媽媽回家，可不是要她回來生他的氣的。他突然覺得好累，彷彿自己抬著一整個房子整整兩天，他努力讓它不要散掉，可是房子卻毀了。媽媽都還沒看到天花板的漏洞和淹水的地下室呢，到時她會有多生氣呢？

「我需要跟你們的爸爸談話。」她說，聲音小得很奇怪。「他人呢？」

伊凡和潔西只是瞪著她。伊凡非常緊張，唯恐潔西會說什麼，同時又害怕潔西什麼也不說，推給他一個人向媽媽解釋。

媽媽看著他們，先看看伊凡，又看看潔西，再回頭看伊凡。「他人呢？」她又問了一次，但這一次聲音緊繃，而伊凡知道媽媽甚至比他們還要驚訝跟害怕。

「他走了。」潔西說。

「什麼意思？」媽媽問，聲音小得跟一根針一樣。

「就是他走了的意思。他回去戰地了。」伊凡說。說出這些話來很可怕，究竟什麼樣的父親會丟下孩子？

媽媽後退一步，彷彿挨了一拳。伊凡是擔心她會退到門廊的邊緣摔下去，因為門廊現在沒有欄杆可以保護她了。

「他是什麼時候走的？」她慢吞吞的問，彷彿這句話很奇怪，她不太確定如何發音。

「媽咪……」潔西開始哭。

伊凡朝媽媽走了三步。他想靠近一點，萬一她摔下去，才能伸出手去抓住她。「他在星期六早上走的，在暴風雨來以前。他需要趕飛機，所以他的手機才會打不通——他在坐飛機。」

「**只有**你們兩個人？」媽媽哭了起來。「**整整兩天**，只有你們獨自兩個人在家？暴風雨來的時候只有你們兩個人？樹是什麼時候倒的？」

眼淚從她的臉頰上落下來，像一道涓涓細流，讓伊凡想到了暴風雨中漏水的天花板。

「來這裡，」媽媽說，聲音大了一點點，「來這裡。」兄妹倆跑過去，小心避開了地板上的洞，就連潔西都讓媽媽握著胳臂。「對不起，真的、真的對不起。我一開始就不應該出門的，我不知道我是怎麼了。」

伊凡卻生氣了，這又不是媽媽的錯。她只是為了工作，為什麼要覺得愧疚？「不，**你應該要去的**，」他說，「你一定要去，我們知道。不是你的錯，你沒有做錯事。」

「而且，」潔西說，「我們很棒耶！我跟伊凡，我們每件事都做得很好。我們補了牆上的洞，而且我們沒打開冰箱，而且我們還倒掉水桶裡的水，而且我們還沒讓雨流到地板上，而且我們還表演了魔術，很成功喔，而且我們還找到了霍夫曼教授。喔，是我找到的啦，那個是我一個人找到的。」

伊凡搖頭，潔西就是愛邀功勞，但是她的話把媽媽逗笑了，伊凡暗自在心裡說：「**做得好，潔西！**」

接著他又想到：潔西說得沒有錯，他們確實很棒。因為太擔心、太混亂、暴風雨損毀的程度太大，所以他忘了他們的表現。

「可是，媽……」潔西用實事求是、正經的語氣說，「爸爸為什麼老是要離開我們？」

媽媽坐在門廊上，兩條腿再也撐不住了。伊凡和潔西坐在她兩邊，伊凡屏住呼吸，等著聽媽媽要說的話。他等這個答案已經等了好久好久了。

「你們的爸爸非常愛你們，他也是個好人。他又聰明又大方，很好笑，也很堅強。」崔斯基太太看著門廊外，看進樹林裡，彷彿她在尋找的話是藏在樹林裡。「可是有些人——有些非常好的人——就是不適合當父母，他們就是做不好這件事。可是，這並不是說他們就是壞人，你們還是可以愛他們，只是你們必須了解這一點，而且能體諒，這樣才能保護自己，就像你們兩個在暴風雨期間做的一樣。你們照顧好自己和彼此。你們是全世界最棒的孩子，而我是地球上最幸運的媽媽。」

伊凡讓聽完媽媽的話，沉澱了一下，然後綻開笑容，這是整個星期以來他第一次露出笑容。他本來以為這一次會不一樣，結果並沒有。他的爸爸還是「那個爸爸」。他越快接受這一點，心裡就會越好受。不過，他並不想要討厭爸爸。爸爸是他的一部分，討厭他就等於是討厭自己。

潔西嚴肅的搖頭。「我不會說你是地球上最幸運的媽媽，你還沒看到屋子裡面呢。」

媽媽呻吟。「有多慘？等等，先別告訴我。我們一起進去看看吧。」

潔西跟媽媽進屋去了，但是伊凡留在院子裡。他走到「可以爬的樹」那裡，頭抵著樹幹，然後他低著頭，額頭碰到粗糙潮溼的樹皮，低聲說：「再見。」

後來，那天下午崔斯基太太看過了所有的損壞後，也把保險單看了兩遍，確定是否真的包含了颶風和淹水的損失賠償，而伊凡和潔西在房間裡開會。等他們下樓之後，就看到媽媽坐在餐桌旁，正在想辦法該如何整修門廊。保險公司不付這部分的錢。她的簿子上寫滿了阿拉伯數字。

「要花多少錢？」潔西問。她站在媽媽旁邊，兩手放在背後。她覺得很亢奮，但是不是那種壞的感覺。

「很多。」媽媽悶悶不樂的說。

「很多是多少？」

她搖搖頭。「我也不知道。彼得說他會開車過來看一下。」

「彼得！」伊凡大喊，他已經有五個月沒看到彼得了。「我們可以自己修！我跟彼得一起！你不必僱用別人。」伊凡的臉上展開一個大大的笑容。

「還是需要很多錢……」

「很多到底是多少嘛？」潔西問，看著伊凡。他也看著她，笑容變得更大。

「不知道……」

「比一百二十七塊還多嗎？」

媽媽看著她，挑高一邊眉毛。「你為什麼這麼問？」

潔西把雙手從背後伸出來，拿給媽媽看。她的手心裡滿滿都是一元鈔票。

「我們今天的魔術表演賺了一百二十七元，我們想要給你……全部。」最後兩個字潔西說得很勉強。把魔術表演賺來的錢送給媽媽是伊凡的點子，潔西雖然也同意了，可是要她把錢一分不剩、統統送出去，對她也是很大的掙扎。

媽媽微笑的說：「你們真是好孩子，可是……」

「我們以為應該是一百二十**八**塊才對，因為一張票兩塊錢，所以說總數**不應該**是奇數，可能是有人只付了一塊錢。」潔西不高興，她不喜歡在數學上犯錯。也不喜歡有人不守規則，沒付該付的價錢。「可能是史考特．斯賓塞，我敢打賭……」她兩手抱胸。「嗯，我們沒有證據，所以我想我們不知道，不確定。」

「反正，」伊凡說，「我們想把錢給你。我們知道不夠，可是多少可以補足一點嘛，對不對？」

「開玩笑，這可是一筆大數目呢！」媽媽說。「可是我不想拿你們的錢，你們那麼辛苦。」

「可是我們姓崔斯基啊，而且崔斯基——」潔西停下來了，也不知是什麼原因，她沒辦法說出爸爸老愛掛在嘴邊的話，感覺不對，最後她說：「崔斯基家族會團結在一起。」

「對，」伊凡說，「就像你常常說的，家庭第一。」

「謝謝你們兩個。」媽媽擁抱伊凡，再一隻手放在潔西頭上，然後把錢收下來，放進了信封裡，跟她用來計算的那些紙放在一起。「這樣可就輕鬆多了。」她在上樓之前說。

潔西覺得好多了，雖然失去那麼多錢仍然讓她很難受。她很納悶究竟有沒有到銀行給自己開帳戶的那一天。

她轉頭看伊凡，他從口袋裡掏出了一枚硬幣，在指關節間滾動。閃亮的硬幣讓潔西的腦筋又動了起來。

「嘿，伊凡，」她說，「我想到了一個點子。」

伊凡看著妹妹。

潔西兩腳站得很穩，雙手叉腰。「外面很熱，對不對？」

「對啊。」

「所以我們可以……」

伊凡把硬幣拋到空中，硬幣往下落時被潔西接住。

「賣檸檬水！」兄妹倆同時喊。

檸檬水
非賣品
霍夫曼
教授
撲克牌
魔術教學
一個戲法
30元
最棒的
檸檬水
飲料！
歡迎
捐款

魔術表演特刊　　一切適合刊載的新聞

四年〇班廣場

大魔術家伊凡・崔斯基表演成功！

記者／梅根・莫里亞堤

雖然經歷連兩日的暴雨、暴風來襲，於陣亡將士紀念日舉辦的崔斯基家魔術表演圓滿落幕！魔術師伊凡・崔斯基魔術的表演更是大獲好評。

無論是「恢復原狀」戲法、杯中球，或是撲克牌魔術表演，全都令人目不轉睛。最後由助手潔西・崔斯基一起表演消失的魔術更是讓節目表演直到最高潮！

神奇的魔術表演究竟是怎麼完成的呢？為什麼潔西可以憑空消失，最後又帶著兔子霍夫曼教授一起出現呢？令人想要再次領受大魔術家伊凡・崔斯基的表演！據說大魔術家伊凡・崔斯基正在籌備新演出計畫，敬請期待！

霍夫曼教授平安度過颶風

記者／潔西・崔斯基

神奇的兔子霍夫曼教授是史上最乖的兔子。牠能夠協助魔術表演、乖乖聽話，雖然在舞臺上待了太久的時間就會開始緊張！霍夫曼教授有預測天氣變化的天賦，在安娜貝爾風暴來襲之前，牠就能感覺到氣壓的改變。更重要的是，牠獨自安全度過安娜貝爾一級颶風，就和我們一樣勇敢！

7. 「第二個國王會到南方。」再拿起大腿上的一張牌，舉高。把牌隨意插進整副牌裡。
8. 「第三個國王要到東方。」拿起大腿上的一張牌，舉高。把牌隨意插進整副牌裡。
9. 「第四個國王要到西方。」拿起大腿上的一張牌，舉高。把牌隨意插進整副牌裡。

分別將大腿上的四張牌插入整副牌中。

10. 繼續說故事：「可是國王的麻煩才剛開始呢。有個邪惡的巫師決定要把上下、內外、對錯都搞混！你們看，我要把一半的牌**面朝上**，一半的**面朝下**，然後洗牌。」
11. 接下來，請切牌。右手拿著上半疊，左手拿著下半疊（最後面是四張藏在最底下的K牌）。同時，假裝要洗牌，把兩手的牌都翻過來。這時K牌卡變成了你左手上最上面的牌。看起來像是你準備要洗牌了，有一半的牌面朝上，一半的牌面朝下——其實是所有的牌都面朝上，只有四張K牌卡例外。

12. 重複洗牌，同時說明國王在旅途中搞不清方向。接著說：「國王要怎麼找得到路回家呢？你能幫他們嗎？」
13. 邀請觀眾一起唸咒語：「國王國王，回家吧，回家吧，你們不必再流浪啦。」然後把整副牌面朝上攤開在桌子上，把四張面朝下的牌抽出來：就是四張K牌卡了。

魔術表演特刊　　一切適合刊載的新聞

迷路的國王
撲克牌戲法大公開！

特約記者／伊凡．崔斯基

1. 表演這個魔術你一定要坐在一張桌子後面，不讓別人看到你的大腿。
2. 開始表演之前，任意選四張牌，事先放在大腿上，什麼牌都可以，但絕不能是 K 牌卡。
3. 把整副牌展開來讓觀眾看，確認這只是普通的撲克牌，並說：「這是四個國王的故事，他們是兄弟。」在牌裡面找出四張國王，抽出來。現在你右手拿著四張 K 牌卡，左手拿著其他的牌。

4. 接著說：「我要把國王放在我的大腿上，我才知道他們在哪裡。」趁著把 K 牌卡放低，你的兩隻手就放到桌子後面，接著把四張 K 牌放到整副牌的底下，跟其他的牌方向相反。

5. 接著說：「請再看一次，這副牌並沒有什麼奇怪的地方。」把牌拿高，展開來，讓觀眾看到牌的背面，但是不要讓他們看到牌卡的最後面有四張國王牌是朝著相反的方向擺放的。
6. 「現在國王要旅行到地球的四個角落。第一個國王會到北方。」拿起大腿上的一張牌，展示給觀眾看，只**讓觀眾看到牌卡背面**。他們會假設那張是 K 牌卡，但其實不是。把這張牌隨意插整副牌裡。

「新派魔術」。羅貝胡丹是位法國魔術師，他不穿長袍不戴尖頂帽，而是穿得像「普通的紳士」。在十九世紀的末期，一般紳士穿著就是打領帶、燕尾服、高禮帽。而路易斯也和羅貝胡丹一樣，鼓勵魔術師放棄舊有的服飾，外表像是普通人，卻可以表演不平凡的東西。

此外，《現代魔術》也是英國第一本以簡單清晰的語言，一步一步的描述魔術是如何變出來的書籍。路易斯的寫作風格就像律師：條理清楚，注重細節。有許多人都在等這樣的書，因為它能教會他們如何表演魔術。

《現代魔術》一出版立刻銷售一空，第一版兩千本書，短短七個星期就賣光了。一百多年後，這本書仍流傳著，而且是公認的魔術經典。逃脫大師哈利·胡迪尼還稱路易斯是「在魔術文學的蒼穹裡最燦爛的那顆星。」

路易斯寫了幾十本魔術方面的書和文章，甚至以魔術為主題，為兒童寫了一本小說。不過，他始終沒有成為職業魔術師，偶爾他會表演魔術，並把所得都捐出來，當作慈善用途。一九〇三年，路易斯退休了，搬到了安靜靠海的海斯丁；一九一九年他以八十歲高齡去世。

美國版的《現代魔術》的扉頁印著拉丁文*Populus vult decipi: decipiatur*，意思是「人們想要受騙上當」。或許魔術之所以會成功也就是因為這個緣故——人們想要被騙，於是魔術師就讓大家如願。多年來，霍夫曼教授為幾百萬的讀者帶來了一個快快樂樂！受騙上當的世界。

魔術表演特刊　　一切適合刊載的新聞

真正的霍夫曼教授

記者／潔西・崔斯基

霍夫曼教授是真實的人物，他的本名安傑羅・約翰・路易斯，一八三九年七月二十三日在倫敦出生。他的第一個魔術表演是從法語老師那裡學到的，老師用魔術來獎賞他優良的表現。

一開始他並不想成為職業魔術師。在當時，魔術師被認為是怪人，戴尖頂帽，穿長袍，衣袖非常寬大，繡著許多奇奇怪怪的神祕符號。有許多人留著長鬍子。說真的，他們長得非常像《哈利波特》系列裡的鄧不利多教授。（其實他是根據亞瑟王傳說中的古老神祕的巫師梅林塑造的。）

路易斯後來到英國非常著名的大學牛津念書，畢業後成為律師——比起魔術師的職業，律師更受人敬重。

雖然平日做著律師工作，但他對魔術仍然情有獨鍾。他蒐集了許多魔術和魔術裝置的書籍，甚至也曾業餘表演過。

一八七四年時，他曾寫信給《男生的雜誌》出版商，詢問他們願不願意刊登他寫魔術的文章。出版社同意在雜誌上刊登一系列的魔術文章，後來又把這些文章集結成書，在一八七六年上市出版，書名叫《現代魔術》。不過，出版社並沒有付給路易斯許多稿費，反倒付了三倍的錢給插畫家！

為什麼路易斯出書時不使用真名呢？因為他仍然從事律師的工作，他不想讓同事認為他是個耍戲法的。他曾說：「我不認為魔術表演能讓我的聲望提升。」所以他創造了霍夫曼教授這個化名，但這個名字卻因而流傳了下來。

他的書被說評論為：「有如一顆炸彈掉入魔術師中」，因為書裡提倡的是尚・尤金・羅貝胡丹所表演的

456讀書會

由閱讀典範教師李公元老師領軍帶路，
站在伊凡的角度，思考成長是怎麼一回事。
透過十五個精心設計的學習活動，
打通思辯經脈，累積理解能力，
從「隨性閱讀」進階至「策略閱讀」，
進而培養同理心素養。

「長大」真的是件不容易的事

文／宜蘭縣岳明國小教師李公元

檸檬水戰爭系列每一冊都有不同的概念主題貫串，這一本《魔術陷阱》就是以伊凡準備「魔術表演」作為貫串整個故事的內容的主題。

系列故事中，伊凡與潔西這對兄妹，雖然不同年紀，但卻因為妹妹的優秀，而必須在同一個年級就讀。這一直是伊凡覺得自己不如妹妹的原因之一。

妹妹的優秀，總是讓伊凡心情有點複雜，雖然在學業上和妹妹是同一個年級，但又羨慕妹妹那種天真懵懂，不必長大、可以繼續當快樂小孩的童年。

不過，伊凡在心智上還是有比妹妹成熟的地方，他懂媽媽單親養育他們的辛苦，他知道家中的許多無奈，他也能體會爸爸缺席的原因，因此就算他對爸爸的各種行為有時無法理解，但他依舊不能討厭爸爸，因為爸爸是他的一部分，討厭爸爸等於討厭自己，因而「接受爸爸的選擇」成了伊凡的決定。

作者筆下的伊凡總是和媽媽同一陣線，必須好好和媽媽合作才能讓家的基本功能繼續運作，但仍可以看見他終究是個孩子，還是會希望該有的單純幸福，在遇到難題時，也會有希望是有個成人來幫忙自己的時刻；但是現實是他常常得切換成大人模式去照顧妹妹，或替代爸爸一起幫媽媽做一些家裡的工作。

肩負「家中的男人」與「哥哥」角色的伊凡在外婆一本老舊的魔法書中找到一絲出口，讓他可以在表演魔術中暫時忘卻現實生活的辛苦。藉由魔法咒語，他不但可以變出兔子，把人變不見，更重要的是他可以穿梭與現實與魔幻之間，也讓他多了與父親對話、交流的機會。相信在得到讚嘆聲與掌聲之際，他也可以找到自己的位置，不必時時擔心一個隨時緊追在後的妹妹。而且兄妹兩人獨自度過那場暴風雨、互相扶持解決問題的經驗，應該是他們一輩子可以牢牢記在心頭的回憶了。

有時後，我們都覺得爸媽管很多，但有天必須輪到自己掌舵時，我們才知道當大人真的不容易。也希望你們跟故事中的伊凡一樣，能體會：長大，有時不是你自己可以選擇……而是你在很痛，很苦，很難過，很難跟別人說。在那之後，你突然發現你長大一點點。

題目設計／宜蘭縣岳明國小教師李公元

1 潔西在她的盒子除了放錢，還放有一張手寫匿名的愛情調查表，她說這是證據所以不能丟掉，她不清楚自己為何要留這張紙，你可以替她釐清為何她會想要這樣做嗎？

2 在媽媽收拾行李準備出差時，潔西說這是「她必須要試著調整、適應的情況」。你在生活中也有這種感覺的時候嗎？什麼事情會困擾著你呢？

3 書中歐佛頓老師說「時時睜著一雙氣象眼」是什麼意思？

4 當伊凡在彩排魔術表演時，爸爸會故意鬧場？他想讓伊凡做什麼準備嗎？

5 爸爸這次返家後，伊凡對爸爸的想法與態度有沒有改變呢？有什麼證據說明伊凡對爸爸態度和想法呢？

6 伊凡聽到爸爸的笑聲後，覺得「是有一道海浪當頭罩下，胃裡好像有水湧上來，還有他嘴裡的唾液也全被抽乾了，全都沖到他的腳趾。」說一說，他的心情怎麼樣呢？為何什麼他會有這些感覺呢？

7 在媽媽知道佩姬因車禍無法來當保母，她聽完電話時笑了起來，但伊凡覺得媽媽的表情像是隨時會哭出來似的，可是爸爸卻認為媽媽好像是鬆了口氣，為什麼媽媽的情緒反應讓爸爸和伊凡有不同的感覺呢？你覺得媽媽真正的情緒是什麼？

8 爸爸為什麼會對媽媽說「可是他們也不是小嬰兒了……你老是把他們當作連一點常識都沒有似的，好像他們沒辦法照顧自己。」？爸爸和媽媽對伊凡與潔西的教導方式有哪些相同或是不同的地方呢？

9 當爸爸鼓勵伊凡表演時得像個專業的魔術師，他說「不是專業的魔術師，那就假裝一下吧！世界上有一半的人口都在假裝。」爸爸說假裝就有可能像專業人士一樣，你認為爸爸要伊凡學會的是什麼呢？你自己也有過這樣的體驗嗎？

10 想一想，為什麼潔西看到爸爸時會興奮得像個螺旋槳一樣轉動？試著找出作者對潔西各種行為的描述，想一想，為什麼潔西會有這些和別人不太一樣的行為。

11 在潔西與伊凡之間，「跟大人一樣」這種說法是最嚴重的侮辱。書中有哪些行為描述是跟「大人」有關，你認為潔西與伊凡會不會喜歡哪些大人的行為？你覺得大人和孩子間最大的差別是什麼？

12 為什麼當媽媽從外地打電話回家，伊凡不直接告訴媽媽爸爸已經提前離開的事情？

13 潔西總是有「找到錢」的本領和嗜好，你也有與別人不同的喜好，或是會特別在意的事情嗎？為什麼你會在意這些事情呢？

14 潔西在緊張時習慣和自己說話，甚至她會在心內製作感覺檢查表，或是在腦海中畫圖，你覺得她這樣做對自己有幫助嗎？你也有自己處理緊張情緒的方式嗎？

15 在潔西進入道具箱時，她的驚嚇反應大到哥哥和爸爸都有一點嚇到了，書中說她明白了爸爸和哥哥知道了一些她不知道的事。說一說爸爸和哥哥是知道了什麼事情呢？

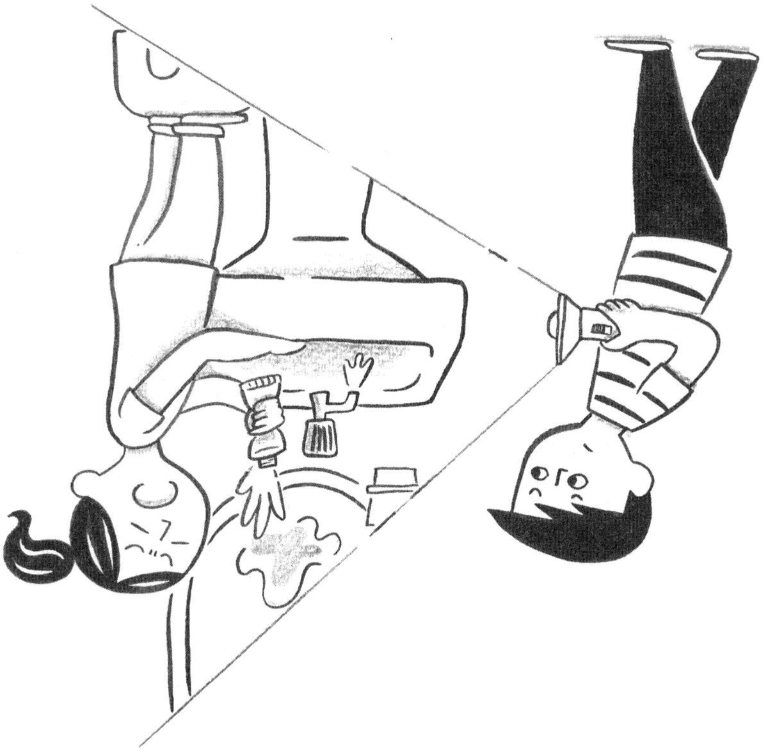

樂讀456 076

檸檬水戰爭 5：魔術陷阱

作者｜賈桂林．戴維斯
插圖｜陳彥伶
譯者｜趙丕慧

責任編輯｜楊琇珊
封面設計｜周以芳
電腦排版｜中原造像股份有限公司
行銷企劃｜葉怡伶

天下雜誌群創辦人｜殷允芃
董事長兼執行長｜何琦瑜
兒童產品事業群
副總經理｜林彥傑
總編輯｜林欣靜
主編｜李幼婷
版權主任｜何晨瑋、黃微真

出版者｜親子天下股份有限公司
地址｜台北市 104 建國北路一段 96 號 4 樓
電話｜（02）2509-2800　傳真｜（02）2509-2462
網址｜www.parenting.com.tw
讀者服務專線｜（02）2662-0332　週一～週五：09:00~17:30
讀者服務傳真｜（02）2662-6048
客服信箱｜bill@cw.com.tw
法律顧問｜台英國際商務法律事務所．羅明通律師
製版印刷｜中原造像股份有限公司
總經銷｜大和圖書有限公司　電話：（02）8990-2588

出版日期｜2018 年 12 月第一版第一次印行
2022 年 6 月第一版第九次印行
定價｜280 元
書號｜BKKCK013P
ISBN｜978-957-503-123-7（平裝）

訂購服務
親子天下 Shopping｜shopping.parenting.com.tw
海外．大量訂購｜parenting@cw.com.tw
書香花園｜台北市建國北路二段 6 巷 11 號 電話（02）2506-1635
劃撥帳號｜50331356 親子天下股份有限公司

立即購買 >
親子天下 Shopping
親子天下 有聲故事書

國家圖書館出版品預行編目（CIP）資料

檸檬水戰爭 5：魔術陷阱 / 賈桂林．戴維斯 (Jacqueline Davies) 文；陳彥伶圖；趙丕慧譯. -- 第一版. -- 臺北市：親子天下, 2018.12
232 面；17×22 公分. --（樂讀 456 系列）
譯自：The magic trap
ISBN 978-957-503-123-7（平裝）

874.59　　107020294

THE MAGIC TRAP
by Jacqueline Davies
Copyright © 2014 by Jacqueline Davies
Complex Chinese translation copyright © 2018
by CommonWealth Education Media and Publishing Co., Ltd.
Published by arrangement with Jacqueline Davies c/o
Adams Literary
through Bardon-Chinese Media Agency
博達著作權代理有限公司
ALL RIGHTS RESERVED